本成果受辽宁省2019年度“兴辽英才计划”—青年拔尖人才项目资助（项目编号：XLYC1907174）

媒介融合时代网络文艺与艺术批评论稿

崔　晓　著

中国财经出版传媒集团
中国财政经济出版社

图书在版编目（CIP）数据

媒介融合时代网络文艺与艺术批评论稿 / 崔晓著
. --北京：中国财政经济出版社，2021.5
（贝壳新时代书系）
ISBN 978 - 7 - 5223 - 0542 - 4

Ⅰ.①媒… Ⅱ.①崔… Ⅲ.①文艺 - 网络传播 - 研究 - 中国 ②艺术评论 - 中国 Ⅳ.①I0 - 39 ②J052

中国版本图书馆 CIP 数据核字（2021）第 085888 号

责任编辑：刘　畅　　　　责任印制：刘春年
封面设计：陈宇琰

媒介融合时代网络文艺与艺术批评论稿
MEIJIE RONGHE SHIDAI WANGLUO WENYI YU YISHU PIPING LUNGAO

中国财政经济出版社 出版
URL：http：//www.cfeph.cn
E - mail：cfeph@cfeph.cn

社址：北京市海淀区阜成路甲 28 号　邮政编码：100142
营销中心电话：010 - 88191522
天猫网店：中国财政经济出版社旗舰店
网址：https：//zgczjjcbs.tmall.com
北京时捷印刷有限公司印刷　各地新华书店经销
成品尺寸：170mm × 240mm　16 开　14 印张　200 000 字
2021 年 5 月第 1 版　2021 年 5 月北京第 1 次印刷
定价：88.00 元
ISBN 978 - 7 - 5223 - 0542 - 4
（图书出现印装问题，本社负责调换，电话：010 - 88190548）
本社质量投诉电话：010 - 88190744
打击盗版举报热线：010 - 88191661　QQ：2242791300

序

本书的作者崔晓是我攻读博士时的同学，也是我的良师益友。无论是经历还是资历，她都比我丰富很多。因此，我在刚刚接到为本书写序的邀请时是婉拒的。因为由我来写序，我的内心有种“以下犯上”的不安。后来，我婉拒不成，也就勉为其难了。

本书的作者崔晓是我的朋友圈里罕见的“神人”。之所以称她为“神人”，是由于她拥有太过“丰富的人生状态”。她自小在优越的家庭环境和成长环境下生活，由我国东北地区的知名老派文化人和艺人悉心培养。她具有极强的表达能力和快速的反应能力，举手投足处处得体。求学期间，她远赴澳大利亚攻读传媒专业硕士学位。毕业后，她顺利加入澳大利亚 SBS 国家电台，从事新闻主播和制片工作长达 7 年。她在当地创办的多档互动访谈节目获得了较高的收听率。因此，她不仅对世界最新传媒发展成果有所了解，而且熟悉先进的传媒实践规律。她还拥有华人圈层十分罕见的海外从政经历，曾长期担任澳大利亚维多利亚州议会内阁部长的政务秘书，协助当地议会内阁部长赢得了澳大利亚维多利亚州议会选举的历史性连任。在担任这一职务期间，她多次组织和主持华人华侨社区活动。比如，北京奥林匹克运动会倒计时一周年墨尔本庆典、中澳建交三十五周年庆典等。如此的异国从政经历，使崔晓对世界政治和社会拥有深刻而特殊的理解和体悟。

崔晓的海外生活不仅限于澳大利亚。旅居澳大利亚数载后，她接受猎头公司的邀请远赴美国，入职世界500强企业，陆续与好莱坞文化研究机构、美国主流文娱公司、联合国艺术基金支持的国际戏剧联盟密切合作，在传媒、艺术和文化领域促成了不少有益于中外交流、国际合作的重要项目。

崔晓不仅有旅居海外的丰富人生经历，更有回国深造建设祖国的赤子之心。2011年，崔晓返回祖国，考取了中国传媒大学攻读博士学位。读博期间，她没有任何海外归人身上常常散发的“西学至上”式的盛气凌人，而是在深度体悟了政治、社会、文化、传媒和艺术生态的基础上，将西学中用，在专业上进行了很好的本土化结合。她读博期间的研究成果，大多数体现了面朝国情、面朝本土、面朝乡土的特点，这是极为难得的。更为可贵的是，无论是在实践还是研究中，她一直在动态地更新自己的认知，一直乐于和勇于面对传媒和艺术领域的最新变化。

如今，她的人生状态依然“丰富”。一方面，作为大学教授，她站在理论的殿堂孜孜不倦，贡献思想；另一方面，作为知名影视从业者，她行在实践的领域默默耕耘，贡献作品。

我一向粗浅地认为，传媒和艺术的研究者一定要尽量了解青年人的认知方式、思考方式、行为方式、价值方式和文化方式。如果不动态地、持续地了解青年人，就无法了解我们的未来。阅读崔晓的这部最新力作，广大读者就能见微知著地了解网络文艺和艺术批评方面的最新成果。

本书不仅呈现了相当体量的关于我国网络大电影、网络剧、网络综艺等网络视听、网络文艺领域的最新发展，也介绍了如二次元、男频女频、垂直圈层、“网生代”、网感、视觉系、脑洞系等新鲜的文艺创作理念，更有明确的意识将热现象、热生态、新方法、新价值推到一定距离之外，进行“陌生化”式的冷静学术思考。这些由静观而思考形成的文字，涉及历史梳理、社会探源、文化分析、艺术审美等维度，涵盖文艺本体、叙事策略、传播受众、融媒跨屏、观众心理、文本改编、产业发展等多个方面。

本书除了散发着新鲜、多元、有深度的气息之外，还具有以下三个方面的特点：一是直率、锐气地文字表达。作者长期直面文艺创作、文艺批评的核心困境和不良风气，在本书的内容上特别有话说，特别有体悟；二是研究范围正是作者的专业主攻方向——网络文艺的历史、实践和理论。作者在专业和理论上特别有底蕴，特别能钻研；三是作品为读者呈现出作者长期积累的一部分艺术创作集萃。

崔晓丰富的人生状态和学术研究维度，不仅绘制了自己的精彩人生，还激活了她身边的人的生活状态。她的这种人生状态不仅令我向往，更值得我学习。我不由感慨，最好的治学状态，或许就蕴藏于对生活和生命的热爱之中。一篇序言自然难以穷尽这种丰富的冰山一角。期待读者能够翻开这本书，获取新鲜的实践与学术认知，也顺便感受人生的活力与舒朗。

刘　俊

2020 年 2 月 12 日

目　　录

上编　网络生态：艺术视域的时代观瞻

中编　艺术生态：批评主导的动态前行

下编　影像生态：实践论证下的互文图景

上编

网络生态：艺术视域的时代观瞻

第一章　网络文艺的界定与时代特征

第一节　本体指征：网络化促生的模式与形态改观

网络文艺作为当前最为活跃的文艺传播形态，多种内容、模式和形态异军突起，进入了蓬勃发展的新阶段，迅速改变了我国文艺生态的面貌与格局。互联网技术的快速发展和电子商务模式的成功建立，使网络文艺在多个层面上拓宽了原有格局，凸显出极具自身价值的特色与亮点。

由此，在新媒体进程不断加速的时代语境中，探讨媒体新世代受众在“新媒体文化向度”坐标下的传受规律以及接受应对问题，具有重要的理论意义与应用价值。

一、网络化促生的新模式丰富和发展了新媒体传播的接受学理论

既有的学术研究对传统媒介影响受众接受规律的研究较多，对于新媒体环境对当代媒体受众群体的心理作用及其相关问题的关注较少、理论建设不足。作为我国当前迅速成长的媒介融合趋势下受媒介影响强烈的网络新世代群体，应对新媒体传播内容体现出鲜明的文化特征与丰富的审美内涵。“新媒介环境下的传受规律”应当成为传播研究的重要范畴，予以系统深入地研究，以推进理论体系的不断完善，对网络新世代受众的接受学整体建构发挥积极作用。

二、网络新世代对新媒体内容传受与自媒体舆论传播间的异质同构关系

新媒体生态中，网络新世代群体既是自媒体的“受众”又是自

媒体的“传播者”。受众与传播者具有的异质同构关系，构成了当代网络受众认知研究中最富有意味的话题之一。经过迅猛的媒介生态变革，当前，新媒体已拥有强大的传播力和侵入性。大学生群体表现出的对新媒体媒介的广泛呼应与深刻介入，在相当大程度上深切地影响着新媒体形态的传播效果和传受关系。新媒体环境下的受众注重互动体验与情感共鸣，表现出多元化的自媒体文本形态，在解读思政理念、具化理论格局、保持优秀传统、增强认知共识等方面具有十分重要的接受学实践意义。

三、建构与媒介融合时代同步的中国理论传播机制和效果评估体系

近年来，伴随着新媒体媒介环境的多元化发展，媒介融合模式下的受众的自媒体创作行为、民间发布机制与多屏互联的传播效果，构成了新型的传受互动模式。以此为出发点，从传媒生态中的传播主体、对象、内容、渠道、反馈等维度探索策略方案，对提升具有中国特色的媒介融合时代传播效果具有积极的应用价值。

四、当代受众在媒介融合变革中的传受互动与认知格局

本研究从受众维度梳理了当代受众的认知演变。通过考察我国当代受众在多屏传播模式中对于新媒体的接受模式变革，分析不同时期、不同媒介环境下受众群体与信息之间呈现的交互动态，总结传统媒体与新媒体生态环境里受众的认知格局嬗变与审美成长以及在意识形态上的认知思想变化。

从自媒体维度探讨了我国当代受众的传受特征。通过选取具有典型时代媒体特征的媒体平台形象片文本案例，分析传受特色和传播方身处不同传播链路角色时的表现方式与认知规律，探析网络新世代的接受特点与成因，体察我国当代受众在与思政理论知识互动时的思维动态。

五、融媒体受众作为自媒体的创作主体与主流传媒意识的认知互动

网络新世代作为创作主体时，通常具有自发性的创作意图、个性化的创意思维，注重普世体验、情感共鸣和平等交流。媒介融合时代的受众分析，主要从网络新世代不同于传统信息传输的被动接受端，而成为创作主体的价值立场、文化诉求和审美视角出发，分析其创作行为与认知特征，以推断其对媒体内容效果的反应。

本研究从自媒体传达本体的认知构架切入，分析网络新世代受众作为传播者与接受者模式中的同构关系，在传统知识理念构架范畴中探讨受众对信息的解构与重建模式；从传播话语层面切入，探讨主流价值观对自媒体传受的价值观影响，即思考如何在新媒体的互动视听模式下，优化多屏内容文本的意义系统与文化隐喻。与此同时，本研究在研究过程中选择典型案例，重点分析网络新世代作为自媒体创作主体与传统信息受体在认知诉求、互动形式、艺术风格、价值理念、传播模式以及传播影响力等方面的异同，进而探讨新媒体舆论生态中青年受众审视媒体内容的独特接受维度。

六、主流价值观在新媒体环境中的动态对比向度与传播效果

就知识向度而言，当前媒体融合时代的多屏内容传播，是在新媒体文化中与国际文化信息、民间创作主体自动播报信息内容的动态维度对比。一是内容业态刚需化。世界各地的信息实时出现在屏幕端，蕴涵主流价值观的内容被放在更为广阔的内容坐标上被青年受众审视和评判；二是服务业态垂直化。新媒体渠道通过网络大数据精准定位垂直客户，通过线上融合线下（OMO）追踪青年受众作为网络高频用户，通过商品化行为增强用户黏性。传统和现代交织的文化知识史无前例地在多屏媒介中争取青年受众有限的注意力；三是跨界业态虚

实融合布局。网络新世代作为数量庞大的有效文化消费群体，势必成为新媒体的资源方（SP）和内容方（CP）的重点关注人群。媒介融合时代，多屏网络内容与吸引力受到挑战，需要横向审度新媒体时代知识坐标体系后重新进行定位，以保障传播的时效。

第二节 标准界定：自制内容思想性的匮乏与深挖

网络生态是构建全员、全程、全方位育人大格局的基础与关键领域，应该确立以内容水准为中心、以产出人才为导向、持续改进的理念，在自制内容和标准上均加以优化。在营造网络生态时应该意识到广大未成年受众和未接受过高等教育的广大受众也处于新媒体舆论环境中，被交互媒介多屏信息群落围绕，知识结构和认知标准均不同以往。当代媒体作用于网络新世代受众，媒介生态已经与以往大不相同。仍然沿用旧有内容生产创作意识，将导致受众接收疲劳。世界必须着重剖析受众在新媒体生态环境下的接受心理和认知规律，运用新媒体传播学和新媒体受众心理学的规律，在自制内容传播形态、接受模式以及传播影响力层面进行深入思考和改进。

一、匡正媒体新世代在媒介融合环境传受互动中的症候问题

纵观当下的媒体新世代受众，在逐渐适应新媒体资源便利的同时，也存在传媒互动内容粗糙、审美格调低下、文化意义稀薄等问题。以大学生和青年人群为“舆论领袖”的自媒体传播更是存在发布渠道不稳定、审核机制不健全、效果反馈不准确、评估体系不完善等问题。青年受众长期处在“新媒体资源过剩”“审美价值紊乱”与“思政意识薄弱”的状态，严重掣肘我国高等院校思政理念传播的良性发展，此类症候问题亟待通过理论梳理予以积极引导和有效匡正。

二、提升审美意识形态、文化深度、美学品格

本研究不仅对我国媒介融合环境下媒体新世代认知规律的进一步建构具有重要的学术意义，同时也厘清了当代受众应对新媒体舆论环境的接受模式，对提升中国智慧的国内外传播效能，矫正青年 UP 主自媒体创作的美学品格，促进高等教育意识形态教学文化的良性发展，具有积极的现实意义与引领价值。

媒体融合时代的传播效果，不同于以往学术研究对于传统接受互动的大量关注，而是聚焦新媒体多屏传播的媒介生态，剖析网络新世代受众对于价值观的认知规律和接受特点，对网络新世代的接受意图、思考形态、接受特点和媒体融合时代的传播规律、传受模式、效果反馈以及传播影响力等问题展开系统性思考。

三、优化传播路径，提升传播效果

优化传播路径的反向需求是对“新媒体生态”的内涵与外延的界定，对其本质特征、社会属性予以阐释剖析。基于我国新媒体发展进程的传受改变、舆论互动、媒介资源的变化，探讨我国当代受众“认知模式”的革新和发展动因，并对网络新世代作为媒介受众与自媒体传播者之间的异质同构关系进行分析，进而归纳影响传播效果的路径因素，以达到优化传播路径、提升传播效果的目的。

四、新媒体时代媒介传播监管的体系升级与转型策略

在新媒体时代到来后，媒介内容的整体结构、体现形态、内容标准、质量维护、评估体系都有待转型升级，资源与机会、课程与受众、接收与实践等都将发生剧烈变化，带来相应机会。比如，新的传播交互模式、线上线下传播模式、立体表述模式、主动介入模式、创

新实践模式、跨界结合模式，都孕育着机会与挑战。媒介融合时代，迫使我们带着问题意识和使命意识，针对新媒体语境下媒体接受与认知过程中暴露的“价值观混乱”“传播效果乏力”等症候问题予以剖析，并提出相应的创新优化策略，以凸显媒体研究者的意识形态价值，引领时代责任与文化传播使命。

第三节　受众精分：网络文艺产业数字化的里程碑

自从我国的大众媒体格局形成以来，网络剧似乎是第一个做到将观众反馈实时收录、分众细化的文艺类型。无论是广播、报纸、电视，亦或电影，都没有像当前的网络媒体一样，将传播受众的互动与连结做到即时、即刻、随时、随地。如今，网络媒体的弹幕点评与网站评论已成为网络剧收视反馈的重要渠道。而网站技术监测对受众数据的收集与分析，则成为网络剧创作实践和理论分析的有力依托。网络剧用户大数据的储存与分析，不仅具备了对网络剧实践的指导价值，更是理论总结与用户分析的直接参考内容。

一、分众时代

互联网科技催生了网络剧这一新兴文艺形式。在这一形式中，对受众细化的数据收集与分析已成为一种可能。虽然网络剧这一艺术形式使受众分析细化提升到研究视域，但分众数据优化并不是网络剧艺术的特定参数，而是通过网络剧的营销特点呈现的受众细化模式。

与传统电视剧分销模式不同，网络剧需要在上线以后时时监测播出情况，而传统电视剧只需在电视频道播出便可坐收渔利。网络剧具有受众群体低龄化、兴趣点明确、话题内容关注度高、“粉丝”聚集性强等特点。网络剧上线以后并没有收视保障，观众往往会根据网络剧内容选择自由弃剧，而制片方和网络平台方则根据后台有效点击量决定分账多寡。利益所向导致制片方和网络平台方都对受众数据给予关注并进行细化分析。

科技时代为网络剧分众数据分析提供了技术渠道与可能。通过视频网络平台的数据，分众信息不仅能够对目标受众群落作出精确估划，更能够为网络剧内容的垂直宣传和发行起到不可小觑的定位作用。以爱奇艺平台网络自制剧《余罪》第一季为例，其前台公共渠道可浏览的数据已颇为详尽（如图1－1至图1－5所示）。

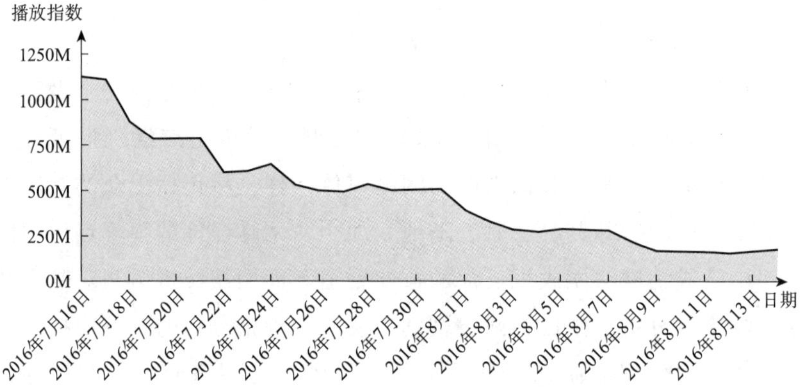

图1－1　网络剧《余罪》第一季播放指数趋势

注：①播放指数是根据频播放量和观看时长总和计算得出；②数据来源于 http：//www. iqiyi. com/a_19rrhalsbx. html.

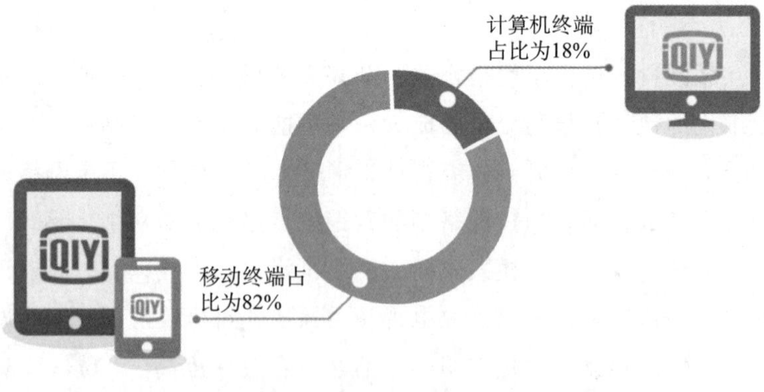

图1－2　网络剧《余罪》第一季收视终端分布

注：数据来源于爱奇艺平台和 PPS 平台。

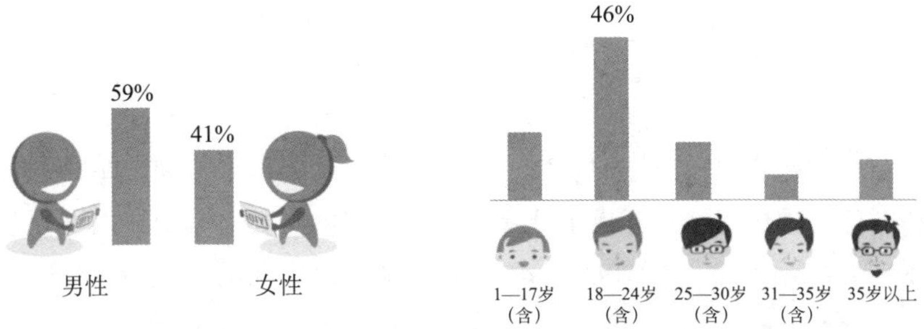

（a）性别　　　　（b）年龄

图 1 – 3　网络剧《余罪》第一季受众的性别和年龄分布

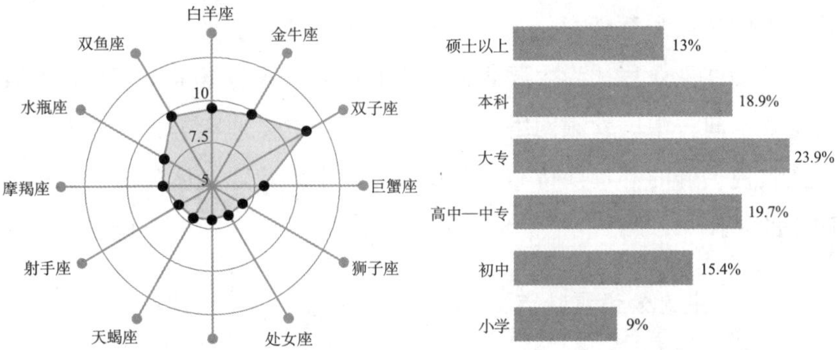

（a）星座　　　　（b）学历

图 1 – 4　网络剧《余罪》第一季受众背景分析

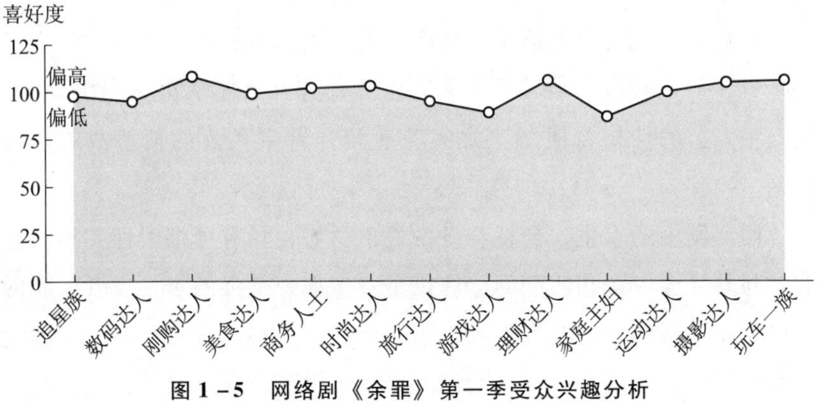

图 1 – 5　网络剧《余罪》第一季受众兴趣分析

二、女频

分众数据为网络剧的目标群体锁定提供了依据，从而在垂直宣传和发行的受众规划上开启了分众化内容配置的路径。其中，以女性观众为垂直宣传和发行目标受众的网络剧内容被称为“女频”。相应地，汇聚男性受众观赏特征的网络剧内容被称为“男频”。出于网络剧的行业发展现状，目前，分众数据的理论研究意义尚未大规模凸现，对行业实践的指导意义则价值明显。以下简要分析我国女频网络剧的本体特点和意义。

以女性受众群体为主要收视人群的网络剧，占据了当下内容界域的主要空间，中国女频网络剧基于女性受众群体的审美特点，为达到女性收视人群的心理期待和审美预期，在本体裁定上体现出一些较为明显的规律。

（一）主人公设置特点

女频网络剧的人物设置往往基于“男神＋女屌丝”的基础模式。女频网络剧中的男神形象符合女性追求浪漫情感的心理追求，在物质生活、事业上具有一定优势资源，社会能量大，具备与女主人公相关联的信息资源或者事业诉求。然而，男主人公虽然拥有强大的社会身份背景，但是其情感生活或者内心世界却存在着不为外人道的隐痛，而女主人公的性格特质却正好完美地契合男主人公的情感或者心理缺陷。

网络剧中的女主人公社会身份处于弱势，具有可摧毁性并相对脆弱。与其社会资源相匹配的，往往是女主人公坚强的个性或者乐观的性格。这一基础身份对观看网络剧的女性受众有所映照，从而能够唤起女性受众的心理共鸣，在剧情发展过程中引起呼应共情，调动起女性受众的收视热情。网络剧中的男女主人公社会资源差异性互补，性格优势互补，在很大程度上反映了当代中国观众的认同模式，并优化了现代女性观众对独立人格确立的期冀。比如，《最好的我们》中的于淮与耿耿，《半妖倾城》中的明夏与聂倾城，《无心法师》中的无心与岳绮罗，都是类似模式的主人公设定。

（二）辅助关系构建特点

在女频网络剧的辅助关系构建中，往往以“男神＋女屌丝”为利益共同体，确立一个带有预先召唤模式的悬念。这一贯穿故事始终的悬念关联着针对男女主人公的反向势力，为两人的感情发展和事业前行制造阻力。在与反向势力的斗争和纠葛中，男女主人公通过相识相助增进了解，最终达到相知相爱的彼岸。

为了确立男主人公的身份形象，在女频网络剧中通常会配置与女主人公形成对比的“公主”型辅助人物。这类辅助人物往往出身高贵，气质不凡，姿色出众，对男神倾心已久，深爱而不得。面对物质条件与其非常匹配的“公主”型辅助人物，男主人公却显示出对“女屌丝”主人公的坚定爱意。这一区别于生活惯常取舍的爱情关系，是女性观众收视心理的固有预期，在女频网络剧的人物设置中屡试不爽。

“女屌丝”主人公周围也有凸显其价值的追求者出现，在社会资源匹配度上比女主人公具有更多优势，却无法打动女主人公。追求者的一往情深通常能够弥补女主人公在资源上的缺失，使其作为年轻女性的感情价值有所增加，以缩小“女屌丝”与男主人公之间的资源差距。比如，《最好的我们》中追求耿耿的路星河，《半妖倾城》中用生命守护聂倾城的幽瞳，都是起到这一作用的辅助性人物。

（三）受众特点分析

女频网络剧受众在观剧过程中有其相对特定的心理预期。女性受众在网络剧观赏和后续“粉丝”互动模式中都有比男性群体更为积极的反响。网络剧的主体收视人群为90后群体，结合其年龄与阅历，女频受众群体在网络剧反馈过程中具有以下特征鲜明的属性。

1. 偏爱明快剧情的感性追寻

传统电视剧观众在某种程度上接受剧情推进缓慢的叙事方式，而90后网络剧观众对叙事节奏反应敏感，需要迅速进入剧情胶着点，偏好在故事链条中悬念密集，而女性观众对男女主人公感情铺垫与演进还有着较为细腻的要求。90后女频网络剧受众对感性故事的内容相对热衷，追寻在快节奏叙事中的感情递进与表达，可以因节奏演进而舍弃故事的逻辑细节，但是不接受因节奏推进而放弃感情叙事的内在联系。

2. 具有人格抗争意识的女性形象认知

女频网络剧的主要受众群体为90后观众。该群体在成长过程中热衷于亚文化和二次元文化，在自我意识认知上侧重于目标价值观的单点认同，不屈从于集体认知和道德捆绑，欣赏有见解、有态度，敢于个性化表达的女性形象。比如，《余罪》中的女主人公林宇婧，《最好的我们》中的女主人公耿耿，《半妖倾城》中的女主人公聂倾城，都是心理活动丰富，个性鲜明的角色。女主人公在剧情中的由弱变强、由丑变美，性格的强大以及人格的成长，都是激励90后网络剧观众观剧和追剧的关键点。女主人公往往不接受身边男二号人物的呵护与追求，面对富足的条件不为所动，与男主人公演绎一段在充满误会、互相扶持中坚强成长的虐恋故事，各自涅槃并得到彼此的真心。这都是90后年轻女性自我意识觉醒后的集体认知，带有明显的时代符号。

受到追捧的女频网络剧中的主人公，大多数是观点明确的人物，鲜见唯唯诺诺的“受气包”形象。90后女频网络剧观众在文化心理独立的情况下作出的感情取舍，明确区别于传统电视剧女性观众的价值观。

值得注意的是，出于对自身性别自信的增强，90后女性群体对感情的不同模式和状态都有较为开放的接受态度。在网络剧中穿插的

“耽美”“卖基”“卖腐”“卖百合”等元素，得到越来越多女性观众的接受和呼应，这是以往传统电视剧和网络平台都不曾出现的现象，值得女性话题研究者结合行业和时代特点进行深入探讨。

3. “粉丝”变现和衍生品繁殖力强

90后女频网络剧的“粉丝”对剧集的黏合力较强。由于年轻女性观众社会压力较小，对连贯剧情的猎奇心理较强，因游戏、比赛或者社会交际而分流的注意力相较男性更低，从而对中意的网络剧往往能够保持较长时间的关注。比如，《拐个皇帝回现代》第一季和第二季的“粉丝”主体是女性受众。又如，观看《太子妃升职记》后，为了追随自己关注的演员选择观看《我的朋友陈白露小姐》的观众大多数也是女性。在微博论战、话题热度维护、明星见面会或者同人产品派生等层面，忠诚度较高的用户大多数为女性“粉丝”群体。

在“粉丝经济”变现的过程中，女性“粉丝”也表现出比男性“粉丝”更强大的消费能力。网络剧《无心法师》《超少年密码》的“粉丝”见面会和衍生品消费中，追随演员或者剧集进行衍生消费的大多数为青年女性观众。同样是网络剧内容植入和衍生品变现，女频作品的内容再生资源和版权消费力量明显具有优势，这也是女频作品逐渐成为网络剧主体的主要推动力量。

三、男频

男性观众对网络剧的关注集中在几个关键要素上。出于兴趣考虑和精力分配问题，男频网络剧受众群体在内容选择上具有鲜明特性。相较而言，女性观众对网络剧题材的接受态度较为宽泛，而男性观众对网络剧中的感情描写部分往往表示出明确的兴趣缺失。男性观众对自己感兴趣的部分更倾向于集中消费，在短时期内迅速关注和完结，不善于持续保持网络剧话题热度，往往只将网络剧观看停留在剧集观赏层面，对演员周边话题和衍生品的追随程度较低。以下简要分析男频网络剧的本体特点。

（一）主人公设置模版

当前的男频网络剧观众普遍期待看到羸弱少年成长为俊朗英雄的人物模版。男频网络剧中“草根逆袭”的成长故事，往往从两个方向展开。一方面，成就心怀大义的事业；另一方面，收获女神的青睐和爱情。在男频网络剧的剧终，男性观众往往期待在以上两个层面都得到收视满足。比如，《余罪》中的男主人公余罪最终成长为一个出色的缉毒警察，并收获了英武警花林宇婧的真心；《校花的贴身高手》中的乡野小生林逸，不仅完成了特工任务，还与剧中女主人公产生了不凡的情感交融。

男频网络剧的感情线设置，无须将男女主人公感情升温的细节进行过多的描绘，男性观众对缠绵悱恻的爱情心理活动也不进行过度揣摩。而男频网络剧对剧中的感情线主角往往都有较为直观具体的形象设计。当前，男频网络剧中的女主人公形象越来越符合 90 后网民的初始幻想。观众对女主人公形象的期待往往是既风姿绰约又英姿飒爽。比如，《余罪》中的“大胸姐”格斗技能高强，战略思维缜密，是一名比男主人公余罪还老练成熟的警察；《心理罪》中的陈希在真假虚实中指导与安抚男主人公方木，帮助他走出心魔阴影；《太子妃升职记》中的女主人公身体里“住着”的原本就是男性。

（二）男频网络剧辅助人物设置

男频网络剧中往往设置一位具有挑战意味的女性人物作为男主人公攻克的目标。对这类桀骜不驯的女性形象的挑战和最终驾驭成为男频网络剧中男主人公性格和意志成熟的标志。90 后男性观众期待的女性人物，既需要在外形上具备女性的妩媚风姿，又需要在性格上果敢率真，具有鲜明的个性，自知、敏锐而且聪慧超群。男主人公收获这样一位受人瞩目的女性的芳心，往往能够获得来自朋友的羡慕，也在事实层面实现了男主人公的“草根逆袭”。

网络上口碑甚好的电视剧《琅琊榜》《伪装者》都充分迎合了男频网络剧观众的心理预期，由此才在网台联动的播出模式中获得了互联网点击率的巨幅攀升。《琅琊榜》中的霓凰郡主是领兵杀敌的巾帼统帅，而《伪装者》中的于曼丽则是背景复杂的女特工。同样模式的《好先生》中的甘静是坚韧冷静的现代女性的代表，剧中人物江莱则是像野马一样叛逆的女性。男频网络剧中这一类辅助人物需要具备类似的设置条件，从而衬托出男主人公的逆袭和成长，迎合男频网络剧主要受众的审美趣味。

（三）男频网络剧的题材选择和特色

整体而言，男频网络剧的演员阵容吸引力对“粉丝”的牵引度不高，观众观看网络剧的随意性强，点击率靠故事情节和镜画语汇提领。由此，就要求创作者和研究者逆向分析受众需求，以增加网络剧的“粉丝”黏着力。然而，特定几种题材和具有类型化特征的男频网络剧作品，对当下男频“粉丝”具有相当大的吸引力，在2015—2016年的网络剧市场上表现突出。

当下青年男性观众对涵盖权谋、推理、竞争内容的网络剧内容十分热衷。《余罪》《心理罪》《暗黑者》《无心法师》《灭罪师》《示铃录》等作品的点击率颇高，明确验证了受众对这类影视作品的喜爱程度。另有网台联动剧集《老九门》《警花与警犬》《伪装者》《琅琊榜》的热播，同样证明了男频网络剧观众对上述题材的追捧。

权谋与推理中环环相扣的悬念设置，激起了男性观众的好胜心理和好奇心理，使其欲罢不能，不轻易弃剧。竞争意愿是隐含在男性荷尔蒙中的特质，竞争关系实质上也关联着谜底揭晓的悬念与答案，从而对青年男性具有难以舍弃的吸引力。权谋与推理主题的网络剧，蕴含着逻辑关系缜密的思维与智力游戏，符合男频网络剧观众游艺与竞技相结合的心理预期，由此获得青年男性观众的喜爱和追捧。点击率超过20亿次的现象级网络剧《余罪》，汇集了男频网络剧观众的聚焦热点，将权谋、推理、竞争的主题发挥得淋漓尽致，向观众透露的信息点多、线索丰富，尽管存在感情线不完整等细腻描写的缺失，仍然受到了以男性观众为主的点击热捧。

近两年来，随着网络商业平台的上线与开发，我国的传统商业模式和文艺传播模式发生了巨大改变。一方面，市场化的就业渠道被大幅度扩宽。在文化内容层面，网络文艺的兴盛极大地刺激着网络剧年轻受众的观感，网络剧传播内容也随之影响社会成长期观众的价值观；另一方面，网络剧观众的兴趣好恶以市场为杠杆匹配着网络文艺的题材选择。目前，我国网络剧观众的主流群体都处于事业进阶的筹划期，面对未来就业的冲动与迷茫，男频受众的竞争心理和社会探知欲求容易被激发和刺激，从而在网络剧内容选择上体现出求知欲、好奇心和好胜心共存的特点。

（四）男频网络剧价值观探析

男频网络剧主人公的人物魅力在故事推进中往往通过两条线索并行表达。一方面，主人公自我能力得到增长和进步；另一方面，通过具备社会价值的女主人公情感认可进行验证。女主人公原本无人能够征服，却唯独因为某件“破冰”事件对男主人公情有独钟。男主人公在经历了自卑、彷徨、愤怒、向往、勇敢、闯荡以后，果敢变身，最终抱得美人归，成为与众不同的男人。

在男频网络剧中，“草根逆袭”的模式被体现得愈发充分。无论女性人物在初始时期多么独立完美，在故事发展的后期终将符合男性视角的价值观期待，为男主人公的价值观和命运归属而牺牲。女主人公身边往往会设置英俊富有的追求者，为男主人公的成长道路设置障碍。然而，出身“草根”的男主人公终将从稚嫩的模态中脱颖而出，通过主事件完美变身，收获女主人公的芳心，完成人物命运归属。

90后的男频受众比年长的传统电视剧观众更具有自嘲精神，接受男性角色的缺陷和不完美，在平实的角色中更能找到自我的映照。即便如此，我国男频网络剧观众的价值观设定仍然留有中国传统文化的映射，需要女性遵从男性主流价值观的社会部署，不能认可独立反叛的女性人物形象作为社会的主流价值观代表。

第四节　逆向流程：井喷式虚假繁荣背后的双刃剑

网络剧分众时代的到来，标志着电子商务时代的文化产品垂直细化的开端。男频女频的细分和规律汇总在实践层面的基础意义在于，对付费会员的管理和招募是“粉丝经济”变现的监测评估依据。大数据云端的“粉丝”分析内容，是各个网络平台系统对网络剧受众反馈的预警坐标图谱，同时也是网络平台自制网络剧的参数评估体系。

只有在量化的数据集合基础上，网络剧内容变现才能够呈现明晰准确的数据——用 CPM 值体现网络剧有效点击率，用有效新增付费会员数证明网络剧“粉丝”黏着力，用下载 APP 参数指标体现网络剧热度，参数指标在互联网时代评价网络文艺内容具有共通语汇的说服力，同时也是众多互联网视频内容提供商对网络剧观众接受度进行评估的依据。比如，乐视网以专业生产内容（Professional Generated Content，简称 PGC）模式合作的网络剧《千万别基动》，给一向是女频模式为主的网络剧版块带来了始料不及的新用户和男性观众群。当该网站在后台监测到这一数据变化时，对该剧内容和“粉丝”群体变化趋势迅速作出分析总结报告。网络剧分众评估的实践意义重大，数据较为细致详实，与网络平台的市场收益直接相关，同时也为后继的理论研究积累了大量有效的数据。

2015—2016 年，多家视频网站开启了会员付费观看模式，以网站专属会员为收视个体单位，通过充值专属会员账户缴纳会费使会员获得热播视频内容的收看权；通过独家优质视频内容的吸引，培养专属会员群体，并用网络剧、网络综艺、网络大电影、专属版权影视剧为热点，培育“粉丝”会员，用视频内容吸引网络受众，并以男频女频的受众细分数据，反哺网络内容提供商。通过对分众大数据的掌控，内容提供商创作出符合特定网站受众收视需求的内容。审美主客体互相依存，互为条件的本质特征，在此动态循环中得到了较为充分的表达。

以男频网络剧为例。数据显示，男频“粉丝”群体对网络剧内容的关注具有时效性，在剧目热播或者点击率较高的时期有所关注，对剧集内容具有认同感，而对演员个体和相关话题的关注追随相对漠然。90后男频“粉丝”对冒险、竞技、养成、热血等内容具有一次性消费的特点，周边衍生消费热情较低，很难维持话题的持续热度和话题的二轮消费。基于这一特点，网络剧内容提供商和平台方往往在短时期内完成男频网络剧的“播出——话题制造——关注升温——会员聚拢”这一链条，甚至采取两季联播或者周播多集的方式迎合“粉丝”热度。比如，《余罪》《废柴兄弟》等剧集，在演员人气维护和话题软文推送上未做过多垂直宣传，而是集中精力在会员购买和APP下载等行为话题上针对男性“粉丝”进行推介。网络剧本身的吸引力来自于对男频分众数据的分析了解，而剧集的推广则依照男频“粉丝”兴趣规律进行。受益于分众时代的数据体系指引，网络剧的制作和推广成为良性循环的工业化运转。基于实践目的，网络剧分屏时代的基础数据研究将保持相对详实的参数坐标库。相信在不远的将来，对于该领域的理论探讨将会烛照出更有价值的学理归因。

网络剧中的二次元因素和分屏模式的受众分析方法，是2015—2016年较有学理价值的两个看点。从文化人类学意义而言，二次元文化在网络文艺中的飞升，是当下网络剧受众群体的生长痛反应，具有时代性和时限性。然而，正是由于其潮流特征明显，爆发力强劲，影响面广泛，更赋予其载入史册的理论探讨价值。受众分众化研究则不然。由于分众研究与网络平台市场利益实现的紧密关联，分众数据库将呈现逐年递增的丰富态势，充分细化的数据和个案分析，将是产业研究者亟待发掘的宝库，也是指导网络剧发展、制定相关产业政策的现实依托。

媒介融合时代网络文艺与艺术批评论稿

Chapter 2

第二章　网络文艺的特征与文化肌理

二次元，这个从动画、漫画、游戏（Animation，Comic，Game，简称 ACG）中衍生出来的虚拟世界文化，在 2015—2016 年形成了网络平台与三次元现实题材分庭抗礼的文化看点。网络剧内容大量出现二次元题材，并迎合“粉丝”互动出现多种性质的 O2O 模式转化、同类质 IP 多版权开发的火爆局面。

网络剧平台上的二次元内容得到网民的热烈互动。比如，《幻城》的高颜值演员阵容，梦幻奇妙的人物造型，密集的后期特效，都在受众中引起热议。《无心法师》《琅琊榜》《半妖倾城》《纳妾记》《执念师》《超少年密码》《示铃录》《盗墓笔记》等作品，都因具备二次元特质成功吸引了 90 后网络受众。二次元文化在网络剧领域的大规模介入，与网络剧主要媒体受众的审美兴趣、心理身份定位以及社交媒体形象预期有直接关系。90 后网络媒体用户催生了二次元文化的商业演进，而媒体平台呈现的二次元因素又深刻地影响 90 后网络媒体用户的审美定位，两者互为促进，相互依托。

第一节　中国网络文化发展的独特之处

在以往中国的商业化文艺生态中，从未大规模出现二次元文化的踪影，中国的国产动画、漫画、游戏始终出于接受国家文化扶植的行列，稍有影响的《宝莲灯》《葫芦娃》《喜洋洋与灰太狼》《熊出没》等作品，起始根源都出于对国产动画行业的保护和开发。

而当下网络剧中兴盛的二次元内容，与上述国产动画不属一系，主要来源于日本漫画系列和美国漫威系列，国产动画仍然停留在《大闹天宫》《哪吒闹海》等神话传说的低龄儿童教育层面。当前，国产网络剧中呈现的二次元元素盛行，不等同于“哈美”“哈日”潮流的复归，而是另辟蹊径的国产网络剧文化的独有现象，表达着国产网络剧文艺环境的特点和诉求，涵盖了中国网络媒体受众心理的独有成因。

第二节　破次元壁文化的网络视域仰望

二次元文化在网络剧领域的表达具有几个标志性特征，辨识起来相对简单。在每一个特质背后，都存在巨大的商业运转机制，以该二次元文化特质为主打模式，进行体系性商业运作。

一、视觉系

由二次元内容和形象演进而来的视觉系喜好，是对妆容精致、长相甜美的视觉形象的追逐。《幻城》《半妖倾城》《九州牧云记》等多部包含二次元元素的网络剧作品，人物造型都体现出这一特质。通过模仿扮装游戏（cosplay）中人物的妆感，受众在网络剧中能够获得观赏二次元 ACG 作品的快感。

二次元文化的视觉系特征催生了一系列商业模式和产品类型。比如，致力于图片美颜的 APP，普及率极高的美颜相机，整容风潮和微整形热潮，都与此有所关联。视觉社交软件（比如，陌陌、炼爱等）大肆流行，照片分享平台频繁出现。视频直播平台（比如，YY、斗鱼、龙珠、虎牙、熊猫等）频繁获得资本介入并聚拢了大批“粉丝”，视频女主播也争奇斗艳，通过日常生活直播获取收益。同时，游戏直播平台、游戏主播、扮装表演者（coser）都成为吸引互联网受众眼球的焦点。与二次元视觉系相关的人物、故事、产品、模版、平台频繁出现在网络剧内容中，已经成为 2015—2016 年国产网络剧中的重要组成部分。

二、脑洞系

网络剧的主要用户群体正值青春期，自我表达意愿旺盛，同时也具有相当强烈的自我怀疑特征。与父辈或者较年长的受众群体相比，现今网络剧受众群体的生活水平较高。1990年以后，我国的出生率逐年下降，使得我国的少年儿童在成长过程中能够得到家长较多的关注，从而造成当下的网络剧收视群体普遍具有自我意识强烈、自我评价较高、相对自信、敢于自嘲的风格和勇气。

二次元文化中的脑洞系表达迎合了这部分受众群体的自我定位。所谓脑洞系表达，具体指强调表述内心的真实想法，着重表达忠于自我意识的当下认知，不着意附庸迎合，也不接受传统价值观的道德捆绑。由于脑洞系人物经常不按常理出牌，网络上称这类人群患有“中二病”，意思是只有初中二年级的情商和智商。脑洞系人物往往具有喜剧特质，在网络剧中出现的脑洞系人物往往能够引起受众的留意并赢得青睐。比如，《琅琊榜》中的飞流，《无心法师》中的顾玄武，都具有脑洞系人物的特质。

三、科技感

二次元文化与互联网的渗透可谓无处不在。借助新媒体科技的力量，二次元文化潮流越来越多地具备了商业和市场属性。自有互联网科技以来，与技术更新结合最为紧密的当属电脑游戏行业。如今，充斥着游戏品类基因的二次元文化，也与当前的最新科技发现进行着融合。

2016年初，虚拟现实（Virtual Reality，简称VR）技术被引入商品文艺视野，多个视频网站都成立了VR剧目影像部门，意图在此新技术开发和应用上有所斩获。不仅如此，增强现实（Augmented Reality，简称AR，也称混合现实）则有更大可能在不久的将来在影视剧技术上与业界实践接轨（如图2－1所示）。当下，VR技术和AR技术主要提供给技术供应商做展示用途。由于制作成本较高（平均价位达到1.5万元/分钟），VR技术和AR技术目前均尚未在剧情项目中得到全面普及。

图2－1　AR效果

注：图片来自 http：//tech.163.com/16/0418/07/BKTV0UM200094P0U.html。

VR技术和AR技术应用于网络剧的另一个阻挠是，其视觉效果需要借助外置设备成像，裸眼观看不具备可能。而作为网络剧这一受到收视终端设备限制的文艺形式，出于平时受众观看的场所、环境、设备基础配置等因素干扰，确保剧集画面的完整、清晰呈现已经需要特殊关注，如果再有外置设备的添加，反而会限制移动终端观看的随意性和自入性。很多网络剧内容是受众利用碎片化的时间（比如，乘地铁、等公交、银行排队等）完成观赏的。如果受众观赏网络剧必须佩戴成像眼镜等设备，将会成为限制受众行动的某种障碍。出于种种限制，VR技术和AR技术在网络剧中的应用还需要一定的优化时间和技术演进。

第三节　网络文艺观众的文化身份探源

就当下而言，网络剧的活跃观众群体为1990年以后出生的人群。其中，大部分90后已走上工作岗位，95后还处在高等教育学习阶段，00后已经成年，具备了基本的社会交往与活动能力。这些人群都处在消费能力相对旺盛的年龄。

不仅如此，90后与70后、80后的成长环境也有很大不同。大多数90后为独生子女，世界观、人生观、价值观的形成阶段与我国市场经济良性增长期重合，在消费习惯养成上受到生长红利期的影响，认可并遵从文化消费的市场规律。由此，当该群体具备消费能力时，会依照兴趣进行比更早一代人群更大比重的文艺消费。与70后、80后相比，1990年以后出生的人群生活压力也较小，可支配资源丰富，在文化消费中认可付费购买资源模式，愿意为精神需求和文艺消费买单。

1990年以后出生的中国青年人，伴随着中国互联网的普及长大，他们对文化舶来品和文艺商品具有较为广泛的涉猎。然而，这一群体恰恰对中国传统文化的吸纳较为有限。当这部分人群步入社会，他们对自己的文化身份确立难免需要一定的认知期，直至世界观、人生观、价值观确立和文化身份认同期结束前，他们都停留在稍微稚龄的阶段。二次元的重要视觉表征之一就是萌系外形。比如，婴孩般的大眼睛，不谙世事的外界感知能力，单纯的思维模式。这些都与低龄期的孩童类似。

不仅如此，二次元文化还弱化了男女的第二性征。二元次的男性人物经常长着精致俊美的脸庞，甚至拥有女性的阴柔之美。更有“耽美”“伪娘”类型的人物受到“粉丝”线上线下的热烈追捧。在网络剧角色的演员选择上，也能够明显看出这一趋势。铁骨铮铮的男性形象在当前我国网络剧中较为少见，大多数国产网络剧的男演员都以面庞俊秀、线条柔美的形象出现。比如，《无心法师》中的韩东君，《幻城》中的冯绍峰，《半妖倾城》中的米热，外形都较传统电视剧演员精致许多。这类与二次元文化接近的形象，更容易获得网络剧观众的认同。

网络剧领域二次元文化的繁荣与网络剧观众文化身份认同期迷茫状态相关，是社会性人格形成滞后的审美体现，是1990年以后出生人群的社会性格初始状态之一。

第四节　网络亚文化受众的城市化仰望

网络剧受众调查数据显示，我国大量网络剧观众居住在非省会的三四线城市，受教育文化程度越低、地处越偏远的受众，对网络剧的黏着力越强，观赏时间也越长。由于偏远城市文化活动匮乏，青年观众以网络剧作为管窥都市生活的窗口，从而进行自身文化身份定位的调整。

当传统电视剧以现实题材作品表现时，北京、上海、广州等国际化大都市的霓虹缤纷极具诱惑力，而我国三四线城市的亚文化气质在与都市文化的对比中完全失去了优势，不可避免地给广大三四线城市观众带来心理上的失落。互联网文化曾在过去几年的发展中经历过“乡村非主流”“脑残”“杀马特”“重金属”等亚文化潮流。然而，这些审美悸动仍然无法填平非主流亚文化与都市气质的鸿沟，满足不了我国三四线城市观众对国际大都市的心理仰望。当二次元文化涌现时，为这一问题提供了答案。

二次元内容来自于动画、漫画、游戏范本，人物、故事均发生在虚拟空间。当摆脱了三次元的生活环境线索，亚文化区域的网络剧观众享受到一种极具安慰的心理平等。即便身处某个经济不太发达的地理区域，他们也能够在网络身份上感受到来自四面八方的认同和满足。虽然来自全国各地的观众可能在物质生活上差异很大，但是当他们同属于一个二次元阵营时，这种来自于三次元社会的压力便在无形中得到减轻，同时喜欢某个二次元人物的观众可以在微博、话题榜、弹幕、评论中随时汇聚。

对二次元文化的喜欢，能够极大地满足青少年在社会人格生长期的从众心理，降低他们在水泥都市中被隔离的心理焦虑感。当观众独自坐在电脑前，通过弹幕跨越地域、穿越时间，实现虚拟社区的实时共享时，他们的心理感受无疑是温暖而宏大的。当这种心理认同感被频繁满足时，二次元文化就自然而然地被接纳和认同。体现在网络剧领域，就出现了二次元文化兴盛的潮流。

中编

艺术生态：批评主导的动态前行

第三章 关于文艺批评的批评

毛泽东《在延安文艺座谈会上的讲话》指出，“文艺批评是一个复杂的问题，需要许多专门的研究”。

2014 年 10 月 15 日，习近平总书记在文艺工作座谈会上明确指出：“要高度重视、切实加强文艺评论工作。文艺批评是文艺创作的一面镜子、一剂良药，是引导创作、多出精品、提高审美、引领风尚的重要力量”①。那么，当前是什么原因造成这面本该明亮的“镜子”模糊不清，又是什么使这剂能够治病的“良药”失去了疗效呢？笔者认为，主要原因是缺少完善的文艺批评标准和科学的批评精神。

第一节 文艺批评的无序与无奈

一、文艺批评的浮泛与失守

在市场经济条件下，文艺创作与生产出现多元化是正常现象。不正常的是文艺批评的无序和混乱。文艺批评应褒优贬劣、激浊扬清。而当下，不批评和乱批评的风气造成了文艺评判的是非混淆、美丑不辨、优劣不分、鱼龙混杂。该香的不香，该臭的不臭，混淆了人们的视听。

有专家认为，造成当下文艺批评在引导文艺创作和生产中作用发挥不充分的主要原因，是阵地失守、批评的氛围不好和评论人员队伍建设没有受到应有的重视。笔者认为，实际情况远非如此。

就全国而言，即便将网络评论和地方媒体发表的文艺评论忽略不计，正规的文艺评论期刊、校刊和主流媒体开设的文艺理论与文艺评论版面也多不胜数。将专业文艺评论队伍、大专院校从事文艺理论教学和研究人才加起来数以千计。每年举行的各种文艺论坛、学术研讨

① 习近平在文艺工作座谈会上的讲话［EB/OL］.（2015-10-15）［2020-12-26］. http://cpc.people.com.cn/n/2015/1015/c64094-27699249.html.

会议也为数不少。可是，我国仍然存在大量文艺创作者和文艺工作者对文艺评论和文艺批评充耳不闻的情况，你说你的，我干我的，导致我国广大文艺受众对文艺评论看不懂、看不好、看不惯，所以漠不关心。我国文艺评论脱离文艺创作和文艺生产实际以及缺少公信力的现象十分严重。而网络媒体与私媒体所谓的文艺批评又充斥着谩骂和宣泄，缺乏公正性和说服力，不利于我国文艺的健康发展。

我国大专院校的文艺理论工作者，是文艺评论界学识较高、文笔较好的一支重要队伍。可是，为了评职称、晋升、拿科研课题或者通过论文答辩，一些文艺理论工作者不自觉地远离文艺创作实际，使用他们自认为很学术的语法体系，大量撰写和发表百无一用的学术文章。不用说普通百姓看不明白，就连文艺界也很难读懂。本来是“花开了，很好看”这样简单的表达，却被这些文艺理论工作者写成“绿色植物的生殖系统，作用于审美主体，从而产生审美愉悦”，把“张大娘上集市卖鸡蛋”的普通行为说成“一张氏高龄妇女，成功实现市场鸡卵兑换货币的等值交换”。这种故弄玄虚的不良文风，严重削弱了学术理论的实用性。当然，出现这类问题，不能够全部归咎于文艺理论工作者，他们在我国现行尚不完善的教育体制下也有其无可奈何。

我国文艺科研单位和文艺团体里的文艺评论人士，虽然具有一定的社会责任感和文化担当意识，但是他们在文艺界是被边缘化了的群体，他们中的大部分人为人作嫁却存在感有限。其中，有些清贫者耐不住寂寞，就开始去搞“人情评论”“有偿评论”，到处说好话，甚至庸俗吹捧、阿谀奉承。有些文艺评论人士为了配合舆论宣传，就去写一些官样文章，说一些绝对正确的废话。因此，文艺界更加视他们为陪衬或者统领意识形态的工具。

一部分在新闻媒体工作的文艺评论人士，以规避风险为出发点，多栽花少摘刺儿，存有避免惹麻烦的评论心态。

如此种种形式的文艺评论和批评，就形成了一种“各吹各的号，各起各的调，难以形成主旋律”的文艺评论氛围，不可能发挥文艺评论的应有效应。文艺评论和批评仅仅在小圈子内自说自话，自然地沦为可有可无的附庸品。

二、批评的无效与偏颇

由于缺少开展文艺批评的良好氛围，说真话、讲道理的文艺批评只能够在文艺理论研讨会和学术论坛上听到。遗憾的是，集聚在这种小圈子里开展的文艺批评影响甚微，而应该听到这些批评声音并从中受到启发的文艺创作者基本上不参与这类活动。缺少理论支持和引领的文艺创作难免跑偏，甚至某些严重悖离社会主义核心价值观的文艺作品还受到热捧，一些弘扬正能量的优秀作品反而遭到嘲讽和冷落。缺少真正的批评的文艺创作和生产，从不顾及评论界的存在，唯一对文艺创作和生产具有一定约束力的是意识形态管理部门。于是，行政管理部门只能依靠审查或者颁发限令对文艺作品的传播加以干涉，审查内容具体到某一句台词的删改、演员裸露的尺度是否超标，甚至对某些正在播出的电视剧或者综艺节目临时叫停。这些管理措施，看似必要，实际上是船到江心时的补漏，业火蔓延时的急救，无助于文艺繁荣和精品问世。

文艺批评无效的原因，与无视艺术规律不无关系。

一是文艺批评在某种程度上未能改变旧有的文艺评判理念。1942年5月，毛泽东《在延安文艺座谈会上的讲话》强调，“文艺批评有两个标准，一个是政治标准，一个是艺术标准”“政治并不等于艺术，一般的宇宙观也并不等于艺术创作和艺术批评的方法。我们不但否认抽象的绝对不变的政治标准，也否认抽象的绝对不变的艺术标准”“任何阶级社会中的任何阶级，总是以政治标准放在第一位，以艺术标准放在第二位的”。抗日战争时期，在民族危亡的历史条件下，毛泽东要求文艺工作者与党和人民同心同德，团结抗日，使文艺成为团结人民、教育人民、打击敌人、消灭敌人的有力武器。这种在特定的历史环境下提出的评判标准，在当时是十分必要的。毛泽东还提出，要求“政治和艺术的统一，内容和形式的统一，革命的政治内容和尽可能完美的艺术形式的统一。缺乏艺术性的艺术作品，无论政治上怎样进步，也是没有力量的”①。

新时期，文艺评论界虽然不再提“政治标准第一”的概念，但必须改变旧有的文艺评论理念，树立“植根现实生活、紧跟时代潮流，顺应人民意愿、反映人民关切”的理念。“人民的需要是文艺存在的根本价值所在。能不能搞出优秀作品，最根本的决定于是否能为人民抒写、为人民抒情、为人民抒怀。一切轰动当时、传之后世的文艺作品，反映的都是时代要求和人民心声”②。脱离了人民和生活的文艺批评不但毫无价值，甚至会产生负面效应；弱化了艺术价值的文艺批评自然缺少科学性，更不能以理服人。

二是生搬硬套西方文艺理论评判中国艺术。改革开放以来，随着一些外国文化产品的输入，许多西方的文艺观念也随之涌入。某些对西方文化并不十分了解的中国评论界人士，以宣扬西方文艺观念为时尚，热衷于套用西方文艺理论或者后现代文艺观，颠覆中国传统价值观，以“去中国化”“去主流化”“去思想化”“去艺术化”消解崇高，显示自己的所谓国际化高度。有的学者甚至公开宣称“东西方文艺评判属于同一标准”，实际上是主张以西方标准为最高标准。这种惟洋是尊的风气，造成了国内文艺批评观念的混乱和文艺创作的跑偏。任何一种文艺批评，都是基于一定的立场观点和评判标准。批评者对文艺作家、文艺作品和文艺思潮等进行分析和评价时，所站的立场不同，标准自然不同。笔者在外国主流媒体工作了7年，对西方文化略有了解，所谓的现代派和后现代主义并非是西方文艺的主流和正

① 毛泽东选集第三卷［M］. 北京：人民出版社，1991：826.

② 习近平在文艺工作座谈会上的讲话［EB/OL］.（2015－10－15）［2020－12－26］. http：//cpc. people. com. cn/n/2015/1015/c64094－27699249. html.

典。尽管西方文化界奉行的是实用主义和消费主义，娱乐性文艺炙手可热，可是丝毫不影响他们对严肃文艺和正典的推崇。无论 J. K. 罗林创作的《哈利·波特》如何轰动，她都不能与莎士比亚相提并论。何况中华文化具有悠久的历史和丰厚的底蕴，从文艺观念、道德理念到人们的审美习惯，都不可能与西方绝对一致。评价中国的文艺，只能用中国的标准，跟在他人后面亦步亦趋，是没有出路的。

笔者一直有这样一个困惑：如今，外国的文艺作品和文化产品大批量输入我国市场，对我国青少年的世界观、人生观和价值观都产生了很大影响，也在我国文化市场占据了很大份额，却很少听到批评人士对这些外来文艺的批评声音以及对受众的正确引领；而西方的批评人士却从来没有停止过对中国文艺的批评，有些批评还带有明显的恶意和贬低。存在这种现象的原因是什么呢？

三是功利主义的文艺批评方式。对文艺创作者和文艺作品的评价和判断，应该秉持客观、公正和科学的态度。有些文艺作品和文艺产品的出资方，出于商业目的花钱请评论人士写文章或者到首映式上、研讨会上对作品、作家、演员进行无原则的吹捧，尽管打着文艺评论的旗号，其实质还是炒作和造势，有悖于文艺批评精神。在某种程度而言，也对受众造成了误导。

当下，大量模仿、抄袭或者庸俗作品充斥我国文艺市场，造成我国的文化生态较差，从事文艺评论工作的人士放弃批评权，少发声或者不发声。更奇怪的是，有的学者耐不住清贫，守不住底线，不顾及操守，昧着良心替他人吹捧，以发行量、收视率、上座率和票房收入为评价标准，庸俗奉迎，明知是烂苹果，却还要推荐给人们品尝。此类批评人士应该受到公众的批评和道德的批判。

四是有些部门为了配合某一时期的中心工作，组织创作艺术品位明显不足的文艺作品，却利用评论手段刻意拔高和美化，实际上也是功利意识作祟，极易破坏文艺批评的公信力。

如上所述，我们不缺少批评，而是无序、无效和无良的文艺批评泛滥，淹没了科学的、符合中国国情和文艺规律的文艺批评。

第二节 当代文艺批评标准构建

习近平总书记在文艺工作座谈会上的重要讲话，完善和发展了马克思主义文艺观，也为发展社会主义文艺评论和文艺批评确立了定盘星。习近平总书记着重指出，“运用历史的、人民的、艺术的、美学的观点评判和鉴赏作品……倡导说真话、讲道理，营造开展文艺批评的良好氛围”[①]。

习近平总书记提出的开展文艺批评的四条标准，是在马克思主义文艺观的基础上，也是以“社会主义文艺，从本质上讲，就是人民的文艺”为出发点提出来的。可以认定，这四条标准就是社会主义文艺批评的最高标准，我们必须认真遵循。

与文艺批评的最高标准相对应的应该是基本标准。文艺评论人士面对不同的文艺工作者和各种层面、各种样式的文艺作品，不能以同一个标准进行批评。譬如，对待群众文艺、民间文艺、娱乐性文艺，不适合以最高标准进行评判。那么，基本标准是什么呢？应该是有益无害，允许存在。毛泽东在延安文艺座谈会上提出，“我们的批评，也应该容许各种各色艺术品的自由竞争，但是按照艺术科学的标准给以正确的批判，使较低级的艺术逐渐提高成为较高级的艺术”。

对待那些代表国家、民族最高水准的文艺作品，必须以最高标准进行科学地评价与批评。在我国某次艺术研讨会上，一位评论家批评一位谐星的作品是“伪现实主义”，遭到被评论者当场激烈反驳，这便是由于评论者与被评论者的价值观和文艺观不对等，理论维度错乱。其实，将带有娱乐性的文化产品与“现实主义”过度联系本就

---

① 习近平在文艺工作座谈会上的讲话［EB/OL］.（2015－10－15）［2020－12－26］. http：//cpc.people.com.cn/n/2015/1015/c64094－27699249－2.html.

不够严谨，自然缺少对话语境，失去批评的应有作用。

如何正确理解习近平总书记提出的四条批评标准呢？

第一条是历史的标准。在文艺评论中，历史的标准不是历史学家认定的标准。艺术真实与历史真实有很大不同。有些历史学家对某些反映历史题材的文艺作品提出质疑，认为文艺作品里的某些情节和细节不符合历史真实。也出现过一些塑造历史人物的文艺作品，该人物原型的后人站出来否定某些情节和细节的真实性，不同意作品发表或者传播。这便是对文艺评论中如何把握历史的标准缺乏基本的认识。

文艺作品在尊重历史的基础上允许进行艺术虚构，从而达到艺术真实。这里所说的历史的标准，是指符合历史发展的趋势，符合马克思主义的历史唯物主义，诠释了人民是历史的创造者的唯物史观。比如，马克思在《致裴·拉萨尔的一封信》中对历史剧《弗兰茨·冯·济金根》提出的批评："我应当称赞结构和情节，在这方面，它比任何现代德国剧本都高明。但是，对该剧本构想的悲剧性冲突本质的表达，却不能认同。"这是马克思对从唯心主义历史观出发美化骑士暴动的作品的严肃评判。恩格斯在致拉萨尔的信中指出："我是从美学观点和历史观点，以非常高的、即最高的标准来衡量您的作品的。"可见，在文艺评论时，马克思主义经典作家对历史的标准是何等的看重！任何文艺作品，如果违背了历史发展的总趋势，就是逆历史潮流的东西，无论情节如何离奇曲折，艺术上如何花样翻新，都不能算是优秀的艺术作品。

第二条是人民的标准。这条批评的标准是由习近平总书记首先提出来的，也是非常重要的标准之一。因为，社会主义文艺的出发点和落脚点都是要满足人民的精神文化需求。因此，我国的文艺创作要把人民作为表现的主体，要反映人民的心声，把人民作为文艺审美的鉴赏家和评判者，把为人民服务作为我国文艺工作者的天职。

习近平总书记把人民的审美和人民对文艺作品的评判，作为一条重要标准提炼出来，既是对马克思主义文艺观的发展完善，也是对社会主义文艺批评的准确定位。我国的文艺评论家，应该深刻领会和认真把握“人民的文艺”这一基本原则，旗帜鲜明地对那些脱离人民、脱离生活、脱离社会主义核心价值观的私人写作、表现自我或者打着写人性的旗号表现变态心理和丑化人民群众的作品进行批评，不能以欣赏的态度胡乱评价。

要把握好以人民的标准开展文艺批评，评论家必须深入生活，与人民群众打成一片。只有与人民同呼吸、共命运、心连心，才能成为深受人民欢迎的文艺评论家。

第三条和第四条标准是关于艺术的、美学的标准。

在习近平总书记提出的关于文艺批评的四条标准中，前两条是针对批评者的立场和观念的，后两条是属于文艺规律范畴。

任何文艺评论家仅以政治的、意识形态的角度评判文艺作品，不善于运用艺术的、美学的标准开展文艺批评，只能算作瘸腿的评论家。当然，文艺评论人士的艺术理想各不相同，学养、涵养、修养以及知识储备和艺术见解也各不相同，甚至在职业操守上也存在差异。所以，个人的文艺批评偏重于某一方面也是正常的。但是，如果我们的文艺批评过分偏重于政治批评，而忽略了艺术的和美学的批评，就很难帮助作家、艺术家创作出叫得响、立得住、传得开、留得下的精美之作，很难出现在世界范围内产生重大影响的文艺名家。

笔者理解，坚持艺术的批评标准，就必须遵循艺术规律，沿袭在艺术传承、艺术创新、艺术样式、艺术风格流派以及艺术感染力、艺术审美价值等方面，以真知灼见真心诚意地评判文艺工作者的作品，而不是大而化之地空谈大道理。评论家只有说真话、讲道理，成为艺术实践者的良师益友，为艺术创作把好脉、开良方，才能够达到促进文艺繁荣发展的目的。

关于美学的批评标准，习近平总书记阐述的十分精辟：“追求真善美是文艺的永恒价值。艺术的最高境界就是让人动心，让人们的灵魂经受洗礼，让人们发现自然的美、生活的美、心灵的美……我们要通过文艺作品传递真善美，传递向上向善的价值观，引导人们增强道德判断力和道德荣誉感，向往和追求讲道德、尊道德、守道德的生活”①。科学严肃的文艺批评，不但可以帮助文艺工作者提高美学水准，也可以引领人们判断艺术优劣和提高欣赏艺术的水平。

文艺批评的四条标准，既有相对独立性，又互为联系、互为作用，是一个准确体现马克思主义文艺观的理论体系。坚持这样的批评标准，我们的文艺评论和文艺批评就不至于无序、无效；遵循这样的批评标准，我们的文艺才能步入良性发展的轨道。

当然，文艺评论具有个体性表现特质。不同的评论家，不同的文艺流派，对文艺批评标准会有不同的理解，即便把握和运用这四条批评标准，也不可能完全一致。但是，只要大家都具有繁荣社会主义文艺的担当意识和历史责任感，遵循百花齐放、百家争鸣的指导方针，就可以开展良性的讨论或者辩论，说真话、讲道理，实现以理服人，共同提高的目的。

文艺批评的立场、观点、方法和批评的作用以及效果，都需要进行专门的研究。重要的是要着力培养有见识、有胆识、有修养、有威信的优秀评论家，给予他们话语权，培育他们敢说真话、敢讲实话的文艺评论品质。只有这样，才能让我们的文艺评论在促进我国社会主义文艺繁荣的伟大进程中发挥应有的作用。

---

① 习近平在文艺工作座谈会上的讲话［EB/OL］.（2015－10－15）［2020－12－26］. http：//cpc. people. com. cn/n/2015/1015/c64094－27699249. html.

第四章　网络文艺体例与评论景观

第一节　网络剧：多屏传媒下的国产剧集反扑

在多屏传媒的浪潮中，互联网经济推动国产电视剧扭转了不敌美剧、英剧的局面，有很大一部分国产剧集收视率表现不俗，迅速聚拢我国青少年观众，吸引“粉丝”的速度非常惊人。

在互联网经济的引领下，国产电视剧内容经历了一次自我代谢式洗牌。虽然我国大部分电视剧出品单位都拉长了电视剧集数，致使某些电视剧水分偏高。但从总体上看，我国国产剧集文学性加强，制作水准提高，注重以质量取胜的发展趋势已经初露端倪。我国国产剧集在题材、风格、样式和表现手段上都有不同程度的突破与进展，成为“讲好中国故事，传播中国精神”的中坚载体与传播力量。

一、科技之思：多屏时代来临

互联网剧集的兴起，可谓中国电视剧的最大革新。这个出现在传媒载体领域的变化，宣告着以科技力量为主导的文化产品跨媒体传播时代正式来临。

我国多家视频网站凭借丰富的剧集内容和受众资源异军突起，与传统电视剧联动呼应，形成了同一部剧集内容在移动设备、互联网终端、电视台等多屏并行的跨媒体传播新局面。《长安十二时辰》《都挺好》《伪装者》《琅琊榜》《北上广不相信眼泪》等不同题材作品，都在多屏时代中取得不俗收视成绩。

电视剧集的跨媒体多屏传播带来了前所未有的机遇与挑战。传统意义上的电视剧与网络剧的边界越来越模糊，多屏时代的产品内容将越来越多地以网台联动模式播出，打破了以往以电视台作为唯一视频播放平台的模式，正式将互联网媒体平台纳入公共传播阵营。

这一电视剧媒体传播格局的改变，看上去似乎是新媒体平台与传统媒体分庭抗礼，实质上，却是“一剧两星”文化政策宏观调控后出现的理想局面。多屏时代真正促使了我国电视剧产品的繁荣与丰富，在内容、数量、制作和发行端紧密结合受众的精神需要，接受市场的检验，催生出一批精彩之作，粗制滥造产品遭遇自然淘汰。

二、文化之思：内容多元化呈现

多屏时代的来临对电视剧的文化内容也有相应震荡。谍战剧、古装剧、历史剧和现实题材剧流彩纷呈、争相竞艳，在内容的艺术呈现上多元化发展。

互联网时代催生的国产电视剧作品一改往日风貌，在作品中包纳更为丰富的艺术表现因素。纪念中国人民抗日战争胜利暨世界反法西斯战争胜利的献礼作品《伪装者》，将谍战、偶像、青春励志、抗日、军旅校园等因素凝炼融合，使这一抗战题材作品傲居同期收视榜首，在互联网上单日点击率超过1亿次。此外，由相同演员阵容出演的另一部国产电视剧《琅琊榜》则同时涵盖了武侠、宫廷、推理、仙侠、青春励志、偶像等元素特征。两部剧集在互联网和电视台先后播出，横屏共振，造就了中国电视剧史上从未出现的播出景观与影响。

令人扼腕的是，在互联网文艺兴起初期，荧屏光环并没有青睐我国现实题材的电视剧集。虽然出现了《都挺好》《北上广不相信眼泪》《何以笙箫默》《温州两家人》等制作精良的作品，但大多数现实题材剧集并没有走入收视主流阵营。从题材构成上看，我国现实题材剧集的数量明显偏低，收视率也比较低迷。以人民为主题的电视剧创作颇显不足，集思想性、艺术性、观赏性为一体的作品较为鲜见。其症结普遍在于故事流于浅表，偶像化倾向重于人物角色需求，叙事节奏拖沓，震撼力与观感强度不足。

国产剧集中收视拔头筹者，集中于古装剧集。从《长安十二时辰》独领风骚，到《花千骨》收视可观，更有《琅琊榜》《甄嬛传》成为现象级作品。这些影视作品都由簇拥者众的知名演员领衔。明星效应对提升剧集的影响力起到了关键作用。我国青年观众被偶像的力量吸引着走进剧集，必然会带着对作品的情感完成价值观的传递。值得一提的是，《甄嬛传》《琅琊榜》在文化贸易出口中被广为看好，在亚洲国家以及少数美洲国家电视台同步热播，成为传递中华民族优秀价值观的荧屏使者。

三、产业之思：大数据思维下的前景观瞻

多屏时代的跨媒体传播模式，已经较为深广地影响了电视剧行业的生态。互联网影响力量的异军突起，使传统电视剧行业中相当一部分有生资源按兵不动，处于观望状态，静观行业巨变。

一方面，由于互联网视频领域准入门槛低，从业者蝶蝇混杂，对影像内容的文化把控与精神引领缺乏主观积极的有益能量；另一方面，从小摆弄手机长大的“网生代”观众成为文化消费主流群体。与传统电视剧观众相比，“网生代”观众更青睐碎片化信息获取，回避深奥话题，具有“重娱乐、轻文化，重形式、轻内容”的文艺消费特点。在互联网大数据时代，这些视域焦点将资本流向与舆论导向引往喧嚣鼎沸的民粹论坛。然而，低俗不是通俗，欲望不代表希望，单纯的感官娱乐不等于精神快乐。国产电视剧创作需要在大数据思维下具有清朗的视野，不能失去对心灵禅房的审美向往。

当下，互联网经济对电视剧文化的渗透浸润，诚然为我国影视知识产权多产业链的开发带来了机遇，《三生三世十里桃花》等作品在电视剧、网络剧、手游、漫画、衍生品等领域都进行了前所未有的成功探索。然而无论何时，中国观众在期待视野里，始终对电视剧的审

美格调、文化内涵、精神意蕴有着深切的期许。

当我们用历史的眼光俯瞰当今电视剧境态格局时就会发现，资本市场的喧嚣和“粉丝经济”的聒噪持续不了几分钟的温度，只有真正具有人性深度、艺术境界、心灵穿透力的电视剧精品，才能引领我们完成更静谧的生命修为，驰跃上智慧与情感的心灵峰峦。

四、IP 狂欢下的理智与静思

近两年来，网络剧经历了一段极富冲击力的高潮期。然而，这一时期创作数量惊人的国产网络剧，却因为缺乏监管，出现谄媚资本、逢迎喧嚣、精神空洞等现象。相关的一系列问题值得我国文艺工作者深刻反思。可喜的是，随着我国网络剧审查体系的不断完善，一个新的网络剧生态格局正在形成，国产网络剧正在以一种新的模式与面貌完成自我优化与升级。

随着互联网平台在视频传播领域力的增强，其已经成为传统电视剧发行的重要收购方。在这一平台上，传统电视剧不得不直面新媒体受众，与网络剧齐驱竞赛，争抢新媒体受众的关注与眷顾。由此一来，以往传统电视剧中惯用的拖沓集数、剧情灌水、废话凑时长的招数统统作废，网络受众动辄弃剧，发弹幕吐槽，在微博和评论上即时更新口碑舆论动向。受众与剧集的互动迅速而直接，每一个反馈端口都在新媒体融合的闭环链路上影响着剧集的点击率和收视率。

为了能够在新媒体阵地上搏出一条生路，搬上互联网平台的国产电视剧在最大程度上进行了网络剧模式的调整，将娓娓道来的叙事方法改为强情节组接，依据互联网青年观众的喜好选取演员，用网络剧受众的视点进行题材选择，加大镜头数和特效量，加快剧集和影像节奏，针对互联网用户群体特征进行内容改进与策划。致力于网络平台发行的电视剧剧集，无论在内容题材还是镜像技术层面，都开始向网络剧观众的审美取向倾斜。

而自带新媒体基因的国产网络剧，也在传统电视剧的网络化改进后，受益于“鲶鱼效应”的刺激，在内容和品质层面都有显著提升。在我国网络剧产业兴起初期，有一部分内容粗糙、艺术性差的网络文学作品凭借对艳情俗爱的露骨刻画，亦或对魑魅魍魉的惊悚描绘，成为所谓网络爆款，以“原创版权”为卖点在资本市场讲故事，大肆敛财。随着互联网内容红利被缩减，原来大声叫卖“强 IP”“爆款网文”“自带‘粉丝’”的网络文学版权兜售者们现出了原形。

当精工细作的传统“良心剧”进入新媒体平台，低成本制作的粗糙网络剧集失去原有吸引力，网络剧直面质量关和成本关，被迫面对网络剧返销电视台的需求。此时，手握所谓“爆款 IP”的网络剧生产方陷入踌躇。往往网络文学催生的 IP 艺术性差，可创造性转化能力弱，不踩红线不热闹，踩了红线播不了，成为生产方手中烫手的山芋。当网络内容自审备案程序启动，有一部分网络剧生产方采取了观望态度，规避高投入网络剧生产期长和内容粗糙等风险，从而造成 2016 年我国新媒体平台播出的网络自制剧集数量大幅减少，可圈可点者屈指可数。在电视剧作品与网络剧的融合过程中，符合网络剧审美预期的剧集模式正在成形，对原有网络剧对照的内容概念进行洗牌重整。在网络剧生态结构中，实现了“良币”驱逐“劣币”的有机代谢。

我国网络剧生态领域的新秩序是在网络剧创新性发展的前行过程中逐渐形成的。我国网络剧产生初期的野蛮生长状态大致可以归因为以下两个方面：一是出于网络自查机制的失效；二是归因于精英话语权剥离导致的释放过度。从传统直线传播到新媒体网状传播的陡然变更中，这一景观是混沌期模态的产业适配。网络剧品质的创造性转化，将在优秀文化的基因与新媒体特质相融合的过程中逐渐完成。

网络剧精神堤坝的筑立，需要在专业、清醒的召唤中前行，不庸从于潮流概念，有清醒的内容与镜像判断力，怀有端正的价值观引导意愿。个别网络剧集，以法医人物视角，肆无忌惮地还原暴力犯罪情境，即使影像水平合格，也不啻于哗众取宠的病毒性传播。网络剧作品归根结底是精神意识的反映与传递，是用镜像哺育灵魂的公益性补充。只有自觉地践行网络剧对精神舆论的引领，在创新处求美善，于创造中求高远，才是影像艺术烛照生活的归旨以及网络剧对于青年观众的根本意义所在。

五、网络剧内容监管的必要

对网络剧的行政监管是一种必要的底线管理。真正建设起蓬勃有序的网络剧精神家园，最终要靠网络剧主创群体的内生动力。

借助互联网技术的快速发展和电子商务模式的成功建立，网络剧作为网络文艺的重要力量异军突起，迅速改变了我国文艺生态的面貌和格局。由于准入门槛低，趋之若骛者众，为了博取资本方的关注，大批网络剧匆匆上线，造成了当下网络剧有数量、缺质量，有热度、缺尺度，有市场、缺气场的非典型现象。在如此乱象环生的网络剧生态下，即便有少数精品上线，也很快湮灭。

当前，国产网络剧凸显的弊病，带有艺术形式发展初期的病理基因。数字化技术媒介开启了多介质转化、跨时空表达、多媒体互动的新格局，新颖的交互性传媒体验使旧有的传播语汇被打破。然而，无论信息的承载介质如何不凡，喧嚣褪去时，焦点终将凝聚在文艺内容的审美价值上。就目前而言，国产网络剧尚处在媒介属性开发的初期过程中，互联网行业乃至内容生产者仍然关注于技术与形式层面的“震惊”效果，焦点尚未集中在内容品质创新与价值风尚引领上。我国网络剧行业特有的技术优势还没有完全转化为艺术价值优势。以发展眼光前瞻，如果能够主动缩短国产网络剧的发展瓶颈期，将网络剧视点聚焦在文化内容的价值提领上，将对产业的推动和提升具有历史性意义。

作为新近兴起的艺术形式，网络剧正处在蓬勃的发展期。在这一关键阶段，更要对其生产和传播进行规范性管理，敦促其内容遵循思想性、艺术性、观赏性相统一的基本原则。尤其需要重视的是，网络剧的受众主要是世界观、人生观、价值观尚未完全形成的青少年。他们对优秀文化、正确价值观的认知不甚明晰。这就要求我国文艺工作者和相关行政管理部门必须严把出口，决不能给那些有悖于社会主义核心价值观的作品提供上线机会。国产网络剧的创作者、生产者也要自觉抵制那些消解崇高、歪曲历史、丑化人民群众、调侃英雄人物、宣扬封建迷信以及一味媚俗、追求低级趣味的文化垃圾。守住网络剧的底线，就是坚守我们的文化阵地，就是守护我们的精神家园，更是为广大网民十分喜爱的网络剧艺术创造良好的成长基础与生存空间。

对网络剧的行政监管是一种必要的底线管理。网络剧生产者与互动模式中的网络剧受众，同时是这一时代命题中的要义因素。仅将视线停留在“守住底线”“不踩红线”上是远远不够的，这与一个健康积极的网络剧生态环境相去甚远，更重要的是激发网络剧生态中的新陈代谢功能良性成长。其中，在完善网络剧准入规则的前提下，至少应该做好以下三个方面的工作：(1) 以政府、行业评奖等方式为网络剧指出导引方向，鼓励良性有序的市场竞争，鼓励精品脱颖而出；(2) 将以往成功的文艺成果创建机制辐射到网络剧领域，在尊重新媒体属性特征的前提下，催生出多样式、多体例、符合文艺规律的网络剧优质内容；(3) 鼓励文艺名家积极参与网络剧创作和评论，丰富网络剧的构成因子。通过以上三个方面的结构性调整，优化现有网络剧环境，促进有序网络生态的形成。

建立网络剧的精神家园，不单因为它是新媒体时代最主流的传媒介质，更因其影响深远，波及者甚众，能够直接影响一代人的价值观念甚至精神信仰。一旦我国网络剧行业步入正轨，有序运行，中国社会的艺术品相、思想维度、时代风貌，都会赢得强劲稳健、坚实可靠的前行助力。

第二节　网台联动剧：融合时代的模式变革与过渡

自互联网平台兴起以来，内容剧集迎来了网络文艺繁盛期。我国视频平台剧集不断，话题热闹，网络剧制作和观赏都进入了蓬勃阶段。纵观整体作品面貌，既可管窥从业者与研究者对这一领域的探索与前瞻，更能品位在迅速变革的产业格局中网络剧领域面临的焦点问题与发展模态。

一、模式探索：网络剧与电视剧

网络剧与电视剧的界限模糊，视频网站热播剧集呈现融合趋势。

经过两年多的发展，网络剧与电视剧的界限愈发模糊。对于剧集出品方而言，在我国“一剧两星”的发行限定下，实力雄厚的视频网络平台已经替代了传统电视台的收购方角色，成为剧集购买和播出的主要力量。对于理论研究者来说，仅以剧集播放平台播出的先后次序定义剧集性质，越来越显得牵强与僵化。很多优秀国产网络剧作品在这两个播放平台上都取得了较好的收视成绩。比如，《都挺好》《欢乐颂》《小别离》《锦绣未央》《微微一笑很倾城》等。

很多国产剧集在影像和内容上，都呈现出向网络受众偏移的趋势。即便也能在电视上播出，却已经呈现出明显的网络剧集结构和镜像特质。由此可见，在国产剧集的属性探寻上，单纯以网络剧、电视剧进行区别限定已不再严谨规整，其名词内涵和所代表属性特征，也因产业格局的发展变化进行了完善与扩充。

在当前的网络生态模式中，视频网站上热播的剧集已经不是以往意义上的网络剧，也不是网台联动的传统电视剧，而是模糊了电视剧与网络剧界限、适应网络受众观看的融合剧集类型。无论是从单集时长、集数、题材、人物设置、台词，还是镜头数、影像风格、强度、节奏，它们都较传统电视剧有所差异。这些调整都与适应网络受众审美喜好相关，是新剧集模式衍生的探索与过渡。

在国产网络剧形成初期，曾经由于一度无人监管，而出现大尺度内容泛滥、以博人眼球赚取点击率的浮躁乱象。在我国网站自查体系成立之后，这一状态有所改善，但仍不尽完美。由于网络剧受众年龄普遍偏低，在价值观辨别上存在盲点与误区，相关从业人员更要注重对整体精神价值的引领与坚守，不能以市场取代监管，用点击率决定优劣，将哗众取宠误判为盛誉加身。

二、标准探索：高线与红线

自 2016 年起，我国网络播出剧集的内容政策管控趋严，网络剧的内容红利被缩减。此后，国产电视剧的播出标准参照我国精神文明建设的预期目标进行高线审批。多部受到观众热捧的网络剧下架整改，我国网络剧监管进入规范化流程。然而，由于此前大量内容生产商哄抢所谓“热门”“有受众群”“自带关注度”的网络小说版权，导致很多出品方高价购买了文学艺术水准低劣的内容甚至盲目投产，出品方手中积压了类似的“烫手山芋”。

为了避免投拍剧集因内容尺度问题遭遇播出困境，一部分出品方选择了观望调整，减少因拍摄时效期长而出现的尺度风险。这在某种程度上遏制了粗制滥造网络剧的产生，却也造成了国产网络热播剧集缺乏精品、靠演员阵容搏出位的整体态势。《老九门》《亲爱的翻译官》《如果蜗牛有爱情》等作品在竞争中显示出相对优势和特色。

我国的网络剧备案审查制度日趋完善，其限定标准界定了行业操作的雷池与红线，标出了从业操守的底线与平均值，而并非理想产业状态中的旗帜与目标。在没有分级制度的影视内容领域，面对低龄受众的精神文化渴求，如果用博眼球的视觉冲击进行病毒性传播，势必无法完成将养人心的文化意图！可想而知，长期受“警痞不分”“罪犯肆意妄为”等价值观毒害成长起来的青少年观众，将对社会和未来抱有怎样的预期？这些都是网络剧出品方需要扪心自问的行业责任和操守。

文化创造力不等于消解传统价值观，网络剧的吸引力在于牵引受众对精神世界的驰骋和向往，而不是对搏出位元素的贩售和叫卖。比如，网络热播剧《最好的我们》，就用温暖而明媚的叙事话语向观众展示了青春校园的美好之处。2016 年，我国相继出台了规范网络视频内容的规章制度。这些规章制度在定位内容尺度坐标的同时，也将激发对内容和创意的深度开发，催生真正有益于网络剧受众的作品与内容。

三、产业探索：受众精分与女频视野

互联网科技推动网络平台进入受众数据云计算新纪元。新媒体视频领域对产业的探索，体现在网络资源平台对受众细分的研究和数据汇总上。这是中国影像史上具有里程碑意义的进步和转折。利用新媒体用户分析的技术手段和方法，网络平台能够清晰地绘制出主要用户群体的图像。其中，包括用户的性别、年龄、教育背景、地理位置、星座、兴趣爱好、观看时长、使用终端设备、观看习惯、话题跟踪行为、资源转换、衍生品消费等内容。

相关数据显示，依托网络收看剧集的年轻女性观众有着较大的开发潜力，她们的用户黏度较强，专注而热忱，话题延展度高。由此，2016 年我国网站自制剧或者网络属性强的剧集都以女性视角内容为主，用细腻的感情线和演员情侣拍档进行“粉丝”黏着，开拓出强劲的女频视野。

随着网络视频内容的兴起，中国影像产业经历了内容数据化聚集、受众信息云计算从无到有的过程。就产业探索层面而言，受众数据化信息集控体系打破了传统影像产业的收视格局、生产顺序和生存疆界。这一变革将继续深化，整体改观中国受众研究和产业发展的未来。

纵观2016年播出的国产网络剧，似乎在作品层面并没有呈现出爆发式的井喷局面。然而，在模式探索、标准探索和产业探索的意义上，却具有广阔的前瞻意义和富有建树的收获与成果。具有互联网属性的崭新剧集模式的产生，不啻于传统镜像叙事的强心针，将促生更加符合时代风貌的作品和内容。对题材红线的探寻和精神高点的企及，是开拓审美视野、提升引领意识的必由路径，意义深远。受众数据的精确细分，结束了我国影像衍生产业摸着石头过河的历史，开辟出全产业链的互通与发展空间。近年来，国产网络热播剧聚焦的问题与层面，定位了当前我国影观产业发展经历的探索路径，并以明确的信号和现象昭示出未来的广阔前景，传递出即将到来的机遇与挑战。

第三节　网络大电影：互联网金融盘整的文化衍生物

近两年来，网络大电影作为一种新兴网络文化商品类型进入大众视野，来势汹汹、层出不穷，杂草丛生。中国的电影类别中始终就有微电影这一分类。然而，既生瑜何生亮，为何还会衍生出网络大电影这一似是而非的品种？在中国影视产业过去两年的发展中，为什么网络大电影的产出数量不断增加，但质量却始终低下？既然一直没有好作品出现，又是什么不断催生网络大电影？随着网络大电影呈现井喷增长态势，这些问题都亟待梳理和回答。

一、影像快餐的始作俑者

毫无疑问，网络大电影是受到微电影的启发转变而来。网络大电影与微电影的最大不同点是，强调“网络”这一特殊属性。网络平台是网络大电影的催生者和本质的推动力量。起初，互联网平台方在内容上只有电影、电视剧和综艺节目几个类型，但通过准确的用户数据分析它们发现，大量用户对于内容多样的自制视频有强烈的观看需求。于是，它们将微电影的播放时长增加到60分钟以上，与制作方达成模式化的市场分成规则，开始以网站会员销售和点击率分成为目的招揽合作方，兜售网络大电影合作模块。

对于网络平台方而言，丰富视频内容不仅有利可图，而且是一本万利之举。首先，网络平台将视频内容的制作成本转嫁给制作方，网站以焦点图、一级页面推荐等站内推广资源作为合作投入，不承担任何资金回收的压力，即便后期放映效果不理想，网络平台也没有资金方面的实际风险和损失。其次，网络平台与制作方的放映分成依据是网站的后台数据，该数据的计算标准和计算规则由网络平台技术部门制定和监控，属于对外保密的商业机密范畴，制片方没有途径干预。而公众可见的点击率数据被称为前台数据，该数据对后台数据不产生影响。为了招揽观众和吸引广告商，网络平台方会授意制片方采用购买点击率的方式进行前台数据“美化”，亦或自行调整，成倍增加视频的网络点击率数据，以至于观众经常看到网络大电影的点击率动辄千万次，甚至上亿次。再次，网络平台的视频储备资源越丰富，对于其开展广告招商、会员招募、内容营销、资源置换等合作越有优势。多个知名网络平台都需要大量资金和项目填补业务空白，对网络大电影这种投入回报比率很高的商品类型非常钟意。于是，它们便投入人力、物力进行网络大电影的合作招募。多个网络平台都推出了规则明确、程序简要的网络大电影合作伙伴计划。为了消除合作方疑虑，网络平台方还不定期制作策略性项目，即自行投入费用、邀约知名演员出演网络大电影，提升网络大电影的类型影响力，夸大分成金额，对不明就里的制片方进行邀请和招揽。

网络平台从网络大电影这一类型的创立之初，就将其作为影像快餐的概念营销模版，抓住网络大电影无需申请龙标的商业契机，进行影像快销品的病毒性传播，从而达到快速变现的目的。在网络大电影的商业模式中，存在难以产生优秀作品的基因。

二、浮躁的创作属性

网络大电影何“大”之有？投资不过百万元上下，演员阵容的专业水平有限，创作人员的专业性不强，正向的社会影响力甚微，有此形态而偏偏冠以“大”字，恰恰外化了网络大电影在创作中一贯的浮躁属性。

从事网络大电影生产的创作者和生产者，普遍在传统影视生产行业中水平有限。真正业务能力出众、坚守艺术追求的影视生产者，由于项目邀约不断，普遍不会选择参与投入产出比率较低的网络大电影制作。因此，网络大电影在原创内容上生产能力较差，严重缺乏优质项目开发能力，很多作品以蹭流行作品热度、篡改其他经典作品为内容，还美其名曰“向经典致敬”。致敬的前提是心有敬意，几乎所有网络大电影都没有向相关原版影片购买版权，制作粗糙有余，艺术能力与诚意均显不足。

绝大多数网络大电影生产方都是觊觎网络大电影市场迅速变现的瑰丽泡沫，希望在最短时效内实现投资回报，在创作初始意图上就具有赌徒心态，往往选取博人眼球、打擦边球的题材，期冀迅速传播，在选题立意之初就动机不纯。从已经发布的网络大电影的标题、海报到一句话剧情，“色”“鬼”“暴”充斥其中。显而易见，有相当大一部分网络大电影在创作意图上不以打磨艺术精品为目标，追求的只是畸形的瞩目与哄抢，缺乏最基本的文化担当与艺术向往。

网络大电影的主流观众群体是文化程度较低，身处偏远城乡的受众或者低龄观众，与大都市青年所处的文化环境不同，偏远地区的观众文化消费层次、艺术品位和接受文化教育的机会都相对有限。将网络大电影作为常态消费内容的观众群体，普遍承担的家庭负担较小，好奇心旺盛，阅读书籍的能力和习惯较差，具备电子网络产品的使用与消费能力。由此一来，观看网络视频便成为填补这一群体生活空虚的便捷途径。所谓的网络“大”电影和直播微视频的镜像直观表达，成为这类观众获取信息、填补精神空白、满足猎奇心理的重要渠道，满足其身处亚文化对城市文化的窥视和仰望。由于视野有限，网络大电影的主流观众在对网络大电影影像信息进行甄别、获取和吸收时，难免对艺术真实和生活真实产生错觉，亦或对社会现状、价值观认同产生误解，舆论误导将以讹传讹，致使其在后续的内容期待上也产生偏差，从而在网络大电影的未来内容开发上进行逆向参与，形成恶性循环。

三、混淆视听的华丽锦袍

网络大电影在品质上与院线电影相去甚远，一部分别有用心之人却因为两者的名称相似刻意模糊两者的界限，抓住外行投资人希望进军文化产业的心理，蓄意弱化两者差别，渲染网络平台传播能力，利用投资人不懂影视创作规律，希望以小搏大的投机心理，违背职业道德，捞快钱，消耗信用成本。影视产品具有不可预估性，参与生产人员多，环节复杂，任意一个环节的管理偏差都会造成艺术品质的缺欠。有一部分外行投资人听信文化产业高回报率的说法，被网络平台华丽的前台数据鼓动，听从所谓“行里人”捕风捉影的回馈预估，用赌徒心态投资，满足公司“拍电影”的项目需求，可谓是假行家利用网络平台结算机制来骗真外行，大家一起掩耳盗铃地吹一个漂亮的肥皂泡。以这种心态进行网络大电影生产的班底在整个行业中不在少数。这样的创作和合作模式有如沙中建塔，根基不稳，筋骨镂空，断然难以生产出优质作品。

另有一部分视频出品方，将网络大电影作为在资本市场上圈钱的工具，以低成本迅速生产大量质量低劣的网络大电影，以手握百余部

“长篇电影版权”为幌子，博取具有投机偏好的资本方青睐，盘点上市，以掌握更多可运营资源。仅在资本市场第一轮融资中就筹集数千万元的出品方不胜枚举。

“文无第一，武无第二”。在当前聒噪的网络媒体中，艺术作品内容的评定往往不能抛却潮流的影响作到宏观而客观，这就给滥竽充数者提供了机会，以劣质文娱商品为筹码，摇身一变实现巨额内容变现，由作品数量和鼓吹的呐喊声撑起金牌制作人的名号。当制作方把焦点集中在作品数量上，视域锁定在金融市场上，而并非内容质量和艺术表达时，很难实现网络大电影优质作品的产出与突破。

由此可见，网络大电影是视频网站对其属性进行了预设的视频商品，在制作标准、艺术追求、文化向往和美学坚持上均与电影艺术无涉。如果不改变网络大电影追求短期内容变现的商业链路和模式，很难要求其放弃逐利思想，提升文化层次。在粗劣和原始的文化对决中，无序性的欲望和暴虐总会较有序性的文明和典雅取得先机。但是，这种无知者无畏的闭目狂欢无疑会受到主流的鄙视和排斥，仅仅是研艺不精的从业者的自我意淫。

值得忧心的是，真正受到网络大电影艺术品质影响的是对其有所依赖的广大青少年受众。网络大电影在信息传达层面直接有效，符合青少年群体的思考和解读习惯。但在影像视频快餐的刺激下，提升文化教育和普及艺术品位是长期之功，不可揠苗助长。因此，在网络大电影和碎片化视频的后续生产中，应该介入对青少年观众进行有效文化引导和文艺统领的格局观念，在产品细化层面有所规范和考量。

第四节　网络宣发：融媒体垂直链条的行业促生

一、新带老：新媒体宣发推动影院观影新诠释

当周星驰导演宣布其电影的首映时间安排在农历正月初一时，很

多人的第一反应是：有人去吗？未曾想，在新媒体宣发行业的强大能量加持下，这个大胆的档期安排得到了20亿元票房的观众回应。

与中国农历新年一样，贺岁片是中国独有的院线景观。我国的贺岁片率先由冯小刚导演的冯氏喜剧打开局面。《甲方乙方》《不见不散》《没完没了》引领中国观众认识了贺岁片这一新鲜概念。然而，大多数贺岁电影的上映时间选在圣诞节期间，与好莱坞的电影圣诞档期一致。此举无疑是为了避免影片在春节时期上映。电影发行方都不约而同地断定，中国观众不会在阖家团圆的春节假期走出家门进入影院观影，因而中国院线的春节档期一度令发行方避犹不及。2016年，《美人鱼》横空出世，于农历正月初一首映，打出了国产电影春节院线首映的第一枪。该影片在同时期的手机推送和线下推荐活动上，都出现了同一句煽情念旧的广告语："每个已经长大的孩子，都欠星爷一张电影票。"这句带着浓郁时代特色的软文推送，无疑触动了很多观众的神经。这部本来在业界并不被看好的影片，选在中国农历正月初一这个非同以往的档期上映，却因为新媒体宣发渠道通畅，推广内容巧妙，而出奇制胜。

中国春节的年俗历来包含逛庙会、逛花市、赶年会等活动，走进电影院则是近年来形成的一个新景观。在春节，中国人习惯了阖家团圆、访亲探友。而人们在"饺子就酒"的聚会之余走出家门，选择到影院观影体验年味，为中国传统节日增添了一丝文化气息。这一变化，体现出中国电影在观众黏合度上的号召力，更显示出互联网宣发这一新生行业在中国文化产业中的旺盛活力。

反观2016年春节档期热映的几部电影，并未像以往贺岁电影一样喜剧当道，反而是以具有一定文化意识的题材进行娱乐主导。电影《美人鱼》讲述的是环保题材，通过一个矫正主人公价值观的爱情故事，体现了多物种共生的博爱、普世主题。电影《三打白骨精》将中国传统故事进行艺术化提炼，将取经之路演绎成弃离"贪嗔痴"的人生救赎之路，艺术地体现了具备一定高度的文化自觉。电影

《年兽大作战》由年兽这一神话形象延展，用魔幻的影像手法进行了传奇故事的讲述和普及。

以文寓景，以景明事，以事言理，以理服人，自古以来是文以载道的基本属性。在电影普及之前，绘画、戏剧、广播、电视都承担了文化内容、娱乐内容、教育内容的传播职能。而今，借助新媒体宣发这一无处不在的新兴行业渠道，电影艺术在多媒体时代领跑文化传播者队伍，既是时代发展的促生景观，也是历史行进的发展必然。

二、票房奇迹：开启互联网宣发文化商品运营新模式

曾几何时，国产电影一度低迷不振，需要行政监管部门采取措施加以保护，以确保国产电影市场不被引进电影压倒性侵占。然而，近年来，我国电影市场不断有资本注入，促使其完成了产业优势化配比和资源盘整。从《泰囧》《捉妖记》开始，中国电影市场高潮迭起。2016 年的春节档，终于由《美人鱼》带来了中国电影产业史上的一剂强心针——上映 8 天票房突破 20 亿元，排片率超过四成。如此高的票房成绩，使得各界对该作品愈发感兴趣：观众关心观影人群的口碑；学者关注该作品的精华与突破之处；最为震动的莫过于金融从业者，因为他们发现，2016 年春节前后，股票市场中的文化传媒版块波动幅度较大，影视传媒类股票受票房利好趋势影响，股价一度涨停。参与投资电影《美人鱼》的几家上市公司市值在几日内增长近 20 亿元，股价上涨势头异常迅猛。

电影《美人鱼》的票房上涨趋势远高于同期上映的电影，其成功不管是由于广大观众对于该电影文化消费模式的认同，还是出于该文化商品运营模式的成功探索，都具有划时代的积极意义。影院观影作为花销不菲的文化消费模式，一度被移动终端免费获取内容的观影模式冲击。随着我国文化产业版权意识的增强，品牌概念建立，影院观影模式作为文化消费的生力军斩获一席之地。此外，互联网的宣传

和发行途径作为新兴文化商品销售链路，被资本力量纳入金融市场进行运营式操作，是文化商品产业化发展链条中的过渡与必然。

三、宣发文化商品：艺术风格化和内容品牌化

仍以电影《美人鱼》为例。该影片的情节、特效固然有其精彩之处，然而整部影片的最大卖点，实质上集中在影片中并未露面的周星驰身上。而互联网宣发文案的着力点，准确地击中了这一亿元票房的起跳点。

周星驰以其特有的喜剧夸张方式与幽默手法，用一系列作品积累下观众对其影片风格的认同。带有“星爷”标识的作品和内容，都成为其“粉丝”津津乐道的话题。周星驰作为特定艺术风格的代表性人物，成为一块招牌，二十年来历久旎新。电影《美人鱼》的票房佳绩，正是在互联网宣发的大力推动下，激发“粉丝经济”产生的市场回馈。这一互联网垂直链路的内容发出渠道，也将成为未来文化资本市场产品投放趋之若鹜的主要依仗和信心所在。

在版权归属日渐明晰的中国文化市场中，中国观众们耳熟能详的神话传说与传统故事，成为版权品牌化的一块处女地。机遇总是与风险相伴，此类传统故事的屏幕化对艺术再现的要求更高，与原有故事离经叛道太多会引起观众反感，但是过于中规中矩又会因突破不够无法激起观众的观看欲望，造成作品无人问津。电影《三打白骨精》以中国传统文化的代表性内容为故事主线，在春节档期上映，同样得到了观众的认可与肯定。新媒体垂直宣发渠道的优势在于内容还原度高，传播基础顺畅，精准投放效应明显。互联网宣发团队利用其传播优势，进行《西游记》历年回顾展，激发观众收看热情。借助互联网宣发模式的科技优势，电影《三打白骨精》无疑突破了艺术再现的层层局限，借助前期宣传的余温，使观众带着想象走进影院，在大荧幕上实现了这一中国传统故事内容品牌化的成功转换。

电影《三打白骨精》的成功，令人不禁想起观众对电影《智取威虎山》的认可。两者都由中国观众耳熟能详的传统故事内核衍生而来，都依照商业电影模式进行了艺术化改观，市场也都反响颇高。将中国传统故事进行内容转换搬上荧幕诚然取得了良好效果，然而从发展的视角来看，更具开拓性的文化商品是涵盖了传统元素的创意型内容。比如，《功夫熊猫》之类的故事，在"粉丝"形成以后，创意型内容在文本的多质开发上具备更为广阔的市场发掘空间。而互联网宣发行业的形成，无疑将为此服务和助力。

在互联网宣发的推动下，2016 年春节档期电影的成功凝练了艺术风格化的精髓，将文化产品进行了品牌模式的塑造与建立，是互联网融媒体垂直链路促进电影产业发展的成果体现。广大中国观众选择在春节期间走进影院，不仅标志着一种新文化消费模式的建立，更是在物质文明发展到更高阶段的文化需求体现。我们文艺工作者和研究者不仅需要从每一次群众文化习俗的改变中寻求艺术上的突破和发展，更要从文化现象中总结原因、提炼规律，在观众的期待视野里于产业结构上作出具有前瞻性的判断和调整，不辜负时代赋予我们的历史重托和使命。

下编

影像生态：实践论证下的互文图景

第五章　大众才艺网络视频直播——曲艺技能网络化传播

第一节　观众中心论的网络传播实践

网络视频直播行业在互联网文艺兴起后呈现井喷式发展，在表演者直播和观众在线收看并打赏这一互动行为中形成了动辄几十亿元的黄金网络行业链条。纵观大众才艺网络视频直播内容，不外乎说口、演唱、演奏、舞蹈、绝活几类技艺，其艺术活动实质与曲艺艺术涵盖的内容几乎重合。而中国曲艺的几百个具体品种，按照审美创造的功能划分，可以概括为“说书”“唱曲”和“谐趣”三大类别。[①]

无论哪一种曲艺形式的产生、发展与创新，都是在以观众为中心的基础上进行的。同样的，网络视频直播更是需要根据在线观众的即时互动进行内容调整，是主播才艺网络化的传播学主旨理论归属。鉴于网络直播才艺内容产业数据的不完善，本节将根据相关性以现场才艺展示艺术代指才艺网络直播的艺术内容归属。

一、“观众中心论”的发生与定义

才艺网络直播展示的内容往往以观众为中心，由直播艺人与观众直接交流感情，是再现、模拟现有艺术作品并和自我表现相结合的综合艺术[②]。从曲艺艺术产生初期，便强调其自娱自乐与娱乐大众的交互性特征，无论是曲艺内容的创作、丰富，还是曲艺欣赏的沉淀和思考，都在以观众为主体的演赏互动中成熟和完整。曲艺的这一特性，被称为“观众中心论”。在面对面互动的艺术表演行为中，观众不仅是创作源发的根本基础，也是艺术传达的重要载体，更是艺术审美的

① 吴文科．曲艺综论［M］．北京：北京时代华文书局，2015：7.

② 薛宝琨．薛宝琨曲艺文选［M］．北京：中国文联出版社，2013：3.

欣赏主体。

（一）现场才艺展演的源发和观众心理学基础

现场才艺表演的艺术形式虽然经过近千年的发展与变化，其展演地点从田陌、村舍发展到茶肆、剧场，观众主体却始终集中于普通市民。现场才艺表演通过与受众的表演互动甄别作品的良莠，通过观众的欣赏倾向调整作品的内容和风格。

现场才艺表演展示作品的内容创作和形式发展，始终与观众的喜好和需求息息相关，具有其他艺术种类不具备的群体性、集体性、口头性、通俗性、传承性、稳定性、变异性、广容性。在艺术长河的打造与磨砺中，观众群体的动态介入成为现场表演曲艺艺术的标志性特征之一。

演与赏，是互为条件的存在参照体，没有观众的存在，曲艺艺术就失去了其存在的基础与价值。在现场才艺表演艺术中，受众不仅是接受者、鉴赏者，更是批评者、参与创造者。

（二）观众是现场演出和传播的重要载体

网络直播革新了以往高台唱戏、台下听书的面对面展演方式，转而在网络上用视频途径实现演与赏的沟通。这一传播途径的改变不仅强化了观众中心论的实践意义，更将每一位观众的个人观感用弹幕、打赏的形式通过屏幕体现出来。在不打断表演者演出的同时，达到介入演出的交流目的。《说唱艺术简史》对曲艺艺术的定义是："曲艺是一门用口语说唱叙事的表演艺术。"① 用口语说唱表述进行艺术实践的这一本质特征决定了曲艺作品传承方式将与观众具有紧密的关联。每一位观众都参与了曲艺作品的传递。与此同时，每一位观众都在自己的审美模式中完成了对作品的个性化构建与转述。而在视频直

① 姜昆，戴宏森．中国曲艺概论［M］．北京：人民文学出版社，2005：12.

播中，这一特征被科技放大并加以强调。

在才艺表演的视频作品创作中，表演者、创作者的个人意图成为作品初始产生的模具。在作品传播过程中，作品内容的发展则成为了集体创作活动，按照集体的意愿、向往、倾向和习惯进行内容的补充与再生，而不像文学作品那样，仅仅是作者本人言志说理、咏怀状物的自我表达。

（三）视频才艺内容创作与观众审美期待的互动

表演内容创作与革新需要表演者对观众中心论具有深刻的理解与践行，掌握作品与观众的动态关系，有“入乎其内，出乎其外”的通透，有“化众于我，我入于众”的彻悟[①]，并贯彻在才艺视频网络化传播的行为当中。对观众审美期待的掌握与达成，关联着才艺网络直播的传播速度，用最为直观的数据和方法表明了观众中心论在才艺展演中的重要作用。

观众对作品的审美期待，体现在对作品口耳相传、代代相因的集体性传袭中。无论时间怎样变化，在观众通过网络参与才艺展示作品创作、传播的过程中，总是贯注着民族文化心理的思维惯性，呼唤具有普遍共鸣的永恒性主题，提倡具有普世价值观的道德准绳，不仅蕴含着富有人文价值的伦理观念，也传达着对生活怀有的热切希望和理想信念。网络直播中兴起的《一人我饮酒醉》等作品，就传递了当代网络受众对中华优秀传统文化的活性传承，承托网络平台达到了良好的传播效果。

在社会文化铸就的情感框架下，网络视频说唱表演作品随着时代的变化不断丰富延展，始终体现着群众性特征。在传播的过程中调整改观，迅速直接地反映着群众的旨趣和体会。只有完成观众的审美预期，符合受众的心理期待，在作品中展现观众的所想所思，曲艺才具

① 薛宝琨．薛宝琨曲艺文选［M］．北京：中国文联出版社，2013：4.

备无可比拟的群众优势和特性；只有拥有最基本群落和最大范围的普通观众，曲艺作品才获得了永恒的灵魂和旺盛的生命力。

二、服务观众是表演的艺术使命

说唱才艺表演的形式在中国由来已久，以评书、大鼓、相声、二人转等地方小戏的形式进行着民族文化心理的动态艺术体现，是艺术审美习惯的集中反映。当前，我国的网络说唱才艺表演的样式和文本、演唱和音乐、形式和观念都积淀着中华民族民间艺术的文化特征，都服务于中国观众的文化心理与欣赏习惯，这一主旨作用并未随着网络化传播的形式而衰减。

（一）入世务实：闪现理性光华

中国是一个拥有悠久曲艺传统的国家。乐观开朗、入世务实被视为中华民族的性格。与空泛遥远的宗教向往不同，中国曲艺艺术服务的观众具有更多的现实精神，在平实的生活中抱有对众神的崇敬，却将视角更多地观照于现实世界。当古埃及将艺术视角聚焦在神与王身上、古印度对佛与彼岸无限向往时，中国艺术的视野则在槐下巷陌的市井生活中。《诗经》中的“风”是“观风俗、知得失”的一面镜子；汉乐府是民风国情的生动反映；宋代以后的文人墨客，更是寄情于日常生活与超拔川野。

在中国表演艺术中，美和丑的审度总是在善和恶的尺子下衡量的，伦理道德的规范始终贯穿并影响着观众的艺术追求。艺术作品中对于人物事件的处理与演绎，其实是对于伦理和人性的理解和深化。才艺表演者们口中的历史人物和历史事件，历史演义和英雄传奇，清官侠客和公案脂粉，甚至神仙妖术与灵怪魔鬼，无不是世俗观念、市民意识、市井生活的概念或者升腾、分蘖和繁衍、具象或者抽象。

才艺表演的公共演出场所始终是观众与表演者之间以及观众相互

之间沟通的信息平台，这与当代网络直播间里屏幕留言的实质并无二致。过去上演艺术作品的勾栏瓦肆，既是艺术信息的交流场所，又是生活哲思的获取源头。人们希望从艺术中获得的，不仅是在心灵按摩后暂时脱离现实的苦难，更是为了获取参照与范本，更加深刻地享受、理解和把握现实。

现今的网络直播和传统曲艺表演具有同质化的内核，都是世俗、市井化的，其复刻现实的能力超过其他任何艺术门类，可以说是从“性—情—理—心”关照观众心里的每一个层面。“性”反映物态文化，“情”牵扯行为文化，“理”关涉制度文化，“心”深入精神文化。说唱艺术涉及世俗生活的方方面面，为观众打开洞悉世界的大门。正因为说唱艺术为观众服务的通俗性、广博性，加之网络化传播的科技通讯手段助力，才艺网络视频直播才如此具有吸引力，才能够体现和提炼琐碎生活的方方面面，使观者趋之若鹜，在网络观众欣赏的通感中取得艺术的共鸣。

在艺术点滴中啜取内容，反哺生活，是观众欣赏说唱艺术作品的内在需求。说唱表演艺术服务于观众，不能脱离文化背景和民族心态去虚假倡导，不能在淡化现实中去宣扬理性，真正积极地服务于观众，就必须在艺术传达中汇集生活血肉。网络视频直播才艺内容服务于受众，可供借鉴的不仅是生活的模版与技巧，更需要审视生活，洞悉毫微，发现生活的魅力和情趣。现今的网络直播才艺表演，带给观众的不仅是喜剧的美学，还有民俗学、民族学、人类学、文化学等诸多方面极为宝贵的内容。

说唱才艺作品服务于观众的方式寄托于反讽和暗喻。比如，《野狼 DISCO》等观众口耳相传的作品向观众传递了多面性的内容：食色获得的途径、人际交往的关系、对待规则契约的态度以及现实生活中种种不能实现的苦涩意味，都含有充盈而不虚夸的生活理性。基于网络直播表演的特质和观众的局限性，艺术不擅长直抒理性声音呼唤现实，而以讽刺的方式呈现真理，袒露现实的荒诞和悖理，意识自身的乖讹和丑陋，而是站在了市民阶层和世俗意识的前端，美因丑的映衬和烘托而被弘扬，理性的光华在丑陋的反衬下得以显现。①

（二）寓教于乐：联通雅俗共赏

雅俗的嬗变和结合几乎贯穿中国文艺史的整个过程。从服务观众的层面而言，当今的网络视频直播为下里巴人和文人雅士提供了为数不多的沟通渠道。

宋代以后，随着市民阶层的壮大，曲艺艺术作为独立的商品形式展现出来。作为消遣娱乐的内容，一切源于劳动、有助于劳动的技能、技艺和技巧，都泛起艺术的洪波，歌舞、技艺、民谣、俚曲，甚至叫卖、吆喝，都成为艺术的手段或者形式，传达着朴素生活的趣味信息。突出的通俗性和群众性成为曲艺艺术的标志性符号，曲艺作品都挟带着浓厚的民间生活气息，为广大市民自遣自娱。

文人雅士的赏玩内容，则多以言志、抒怀为中心，对江山社稷、仕途抱负的高瞻远瞩是长久不衰的主题。而艺术史的兴衰，俗起而雅落，经过相互消融而终复归以俗。如诗词歌赋源自民间，流传上千年只被文人标榜，宋元以降渐次式微，而到了明清时期，小说和戏曲将其代替。应该看到，雅俗的观念不只是相对随时而异的，并且是渗透彼此互补的。

才艺网络视频直播作为通俗易懂的文化普及介质，通过互联网科技舞台实现了文化艺术观念的通汇传达，才艺表演者不仅承担着娱乐功能，在某种程度上也担任着传道解惑的社会理念启蒙职能，通过寓教于乐的形式，化他为我，融神于形，就俗而雅。很多网络才艺表演在创新艺术内容的同时，也提高着观众的审美趣味，在通俗中寓有雅韵，成为大巧之朴，浓后而淡的生动作品。曲艺大师刘宝全、侯宝林、张寿臣等，都在幽默的背后蕴有智慧的光辉。②

---

① 薛宝琨．薛宝琨曲艺文选［M］．北京：中国文联出版社，2013：28.

② 薛宝琨．薛宝琨曲艺文选［M］．北京：中国文联出版社，2013：35.

（三）技艺并重：提升审美能力

从工艺美术史角度而言，技术、技巧、技能是人类群体认识自然、表达情感的需要。人类通过对不同物质媒介的逐步认知，对不同材料的质地、特性、内涵不断介入和改变，掌握了体现情感的多种途径。人类通过对泥土的认知发展出陶器，通过对木材的认知制造了弩弓，通过对青铜的认知发明了兵器，通过对水墨的认知创作出画作，通过对胶片的认知发现了镜像，通过对数码的认知了解了光影。而今，人类通过对网络视频的认知结识声画。无论介质和技艺如何改变，人们始终通过它们来表述自身，抒发感情。人类对不同艺术形式技巧的掌控，都是为了表述情感和获得共鸣。

有百艺便有百技，技术的艺术化，都是为了增强艺术的魅力和感染力。如民间歌舞对扇子、手绢的运用，民间戏曲对舞蹈、武术、杂技、魔术的广泛采取，民间说唱对唇、齿、舌、喉、牙、语言本领的掌握以及融化于手、眼、身、法、步中的种种基本功，都是为了配合起来进行更为深刻的思想感情表达。

网络才艺展示表演者具备的技艺特征是明显而卓越的。说唱表演在新中国成立前与杂技同台，统称“玩意儿”，把说、唱和变、练并列，通过形式上的多样有趣，传递内容的丰富多彩。这种多方位、多层面的吸纳和摘取也同样发生在曲艺艺术的内容层面。比如，《白蛇传》在现有故事版本之前，于《西湖三塔记》《太平广记》里有“白衣之姝”的传说，至宋元时期的《白娘子永镇雷峰塔》则基本确立了故事构架、人物关系和爱情主题。明清时期，故事又增添了“端阳酒”“盗仙草”“水漫金山”和“断桥相会”诸多篇章，才有了当前《白蛇传》的基本故事结构。而《梁祝》的故事由“义妇祝英台与梁山伯同冢”生发，分别从“木兰从军”“韩凭夫妇”“华山畿”“孔雀东南飞”的故事中摄取幻化因素，增饰和锻铸了故事原型。①

---

① 薛宝琨．薛宝琨曲艺文选［M］．北京：中国文联出版社，2013：31.

技巧是人类长久以来征服自然的能力，通过对物质特性的掌握和运用进行物质生产和精神创造。内容是人类社会化的体现，通过对故事的探讨和思索，增加人们对社会关系的认知和厘清。技巧和内容都是将社会从无序推入有序的必要过程。无论是技巧的多方面借鉴，还是内容的旁征博引，曲艺艺术都在服务观众的意义上进行着努力。通过生动感人的艺术表现，反映社会的深刻和广博；通过引人入胜的表演，给观众带来难以忘怀的社会生活哲思，从而提高观众的整体审美能力。

第二节　接受学视域下的网络文艺受众嬗变

当今的网络视频直播受众群体，演变自地方性曲艺艺术受众，带有现场观赏留下的欣赏习惯与心理痕迹。从接受学角度而言，即使在技术层面和称谓上有所变化，仍然可以从说唱艺术观众演变史中找到其接受学根据。

一、机动演出受众

说唱表演演出往往简单灵活，演出人员少，不需要繁琐的演出设备，在初始阶段多为流动演出。“串乡”是早期曲艺艺人演出的主要形式，指个体或者两三个人自愿组合成为演出搭档，在农村各乡镇流动演出。许多农村兴起的曲种，在某种程度上都经过“串乡”的发展过程。比如，北方的各种大鼓表演、数来宝、山东快书等；南方的小曲、渔鼓、道情等。[①] 江南的“唱春”，东北二人转的“唱屯厂”，都属于“串乡”演出的一种形式。另有曲艺艺人的“逛街”，则是流

---

① 姜昆，戴宏森．中国曲艺概论［M］．北京：人民文学出版社，2005：512.

动性演出，面对大量的观众，虽与“串乡”演出面对观众的起因机缘有所差别，但都是在无预约、无目的性的前提下面对机动受众的表演。“画锅”“撂明地”“赶庙会”等演出模式虽各有差别，但观众的状态和性质则有部分同一性。

机动演出相对难度较大，由于是流动演出，其演出秩序和演艺条件不尽如人意（比如，遇到同行盘道或者地痞骚扰等），但是由于演出能够近距离接触观众，对技艺和作品的打磨更加立体完整。观众在这些机动演出场合期待观赏即刻的精彩性，按喜好打赏付费，与演员互动和呼应性强，甚至是演出中的一部分。曲艺表演者在作品呈现时需要高潮迭起，令观众兴奋和激动，往往更加着意于细节的打磨和技巧的严整。

相比后期的剧场观众和现代观众，机动演出的观众更为随意，并以能够参与演员互动为乐。虽然由此增加了曲艺演出的表演难度，却也增加了演出的精彩程度。观赏过程没有固定的次序与秩序，以节目的精彩程度为标准，每一位观众都最大程度地参与表演的节目中，提出建议、出谋划策，既是观赏者，又是评判者，还是创造者。这种活跃的创作氛围与演出模式，在演出剧场化和规范化以后，逐步减弱了。

二、小剧场观众

以往的书馆、茶社都类似于小型剧场，与现代小剧场环境较为接近。有的书馆青睐小型演出班底就相当于茶社，有的茶社只请一位说书先生表演，就成为书馆（在中国南方地区又称书场）。由于演出形式的不同，又有说书馆、相声场、杂耍场、小剧场等不同叫法。[①] 此类小型演出场馆的表演状态，较露天机动演出状态已有较大不同，曲

① 姜昆，戴宏森. 中国曲艺概论［M］. 北京：人民文学出版社，2005：525.

艺演员对场馆秩序能够有基本掌控，观众们则在观看演出的过程中发展出一套激励演员或者烘托氛围的习惯。

与机动演出观众不同，小剧场观众能够预先获知表演内容，有的放矢的前来观看。与大剧场观众不太一样的是，小剧场观众的观演兴趣并不完全放在获悉故事情节上，他们往往反复欣赏一部书，亦或一段作品。如喜爱相声的观众，往往对侯宝林、马三立等名家的作品耳熟能详；爱好二人转的观众往往对《大西厢》《蓝桥》等传统作品如数家珍；钟情苏州评弹的观众往往对《珍珠塔》《玉蜻蜓》等优秀作品百看不厌。很多观众对经典曲艺作品的佳句倒背如流，但是每逢有演出，还会前去观赏，每一次观赏，又都能获得不同的乐趣。

在曲艺演出中，演员完全因袭了作品讲述的故事主旨，曲艺艺术使命的完成还要在观众的支持下进行。这不仅取决于观众对曲种、演员、作品的熟悉和兴趣程度，还取决于观众的不同层次，现场的舞台氛围、剧场情绪等因素。而这些因素又受到不同地区、不同节令、不同时间等多种因素的影响。曲艺演员也必须在多次的演出反馈中不断加工、润色、磨砺自己的作品，使创作过程贯穿于演出过程的始终，在观众的感染和启迪下锻炼自己的个性和才情，从而使个人的创作成为集体的抒情。①

同观众直接交流，不仅要求演员尊重、相信观众的理解力和创造力，更要求演员自尊自爱、自重自信，在交流中实现自我完善，既以观众的审美意识塑造自己，又以自己的艺术经验塑造作品，从而把自我提升为具有时代精神和独具魅力的艺术家。由于曲艺独特的互动关系和模式，其表演方式极具时代、民族、地方和个人风采，每一个方面都与观众的参与和反馈不无关系。

吸引小剧场观众反复前来捧场的原因有以下几点：第一，不同演员在演出同一部作品时，会带给观众不同的惊喜；第二，表演者在演

① 薛宝琨．薛宝琨曲艺文选［M］．北京：中国文联出版社，2013：7.

绎同一部作品时，不是在简单地重复，而是“一遍拆洗一遍新”，不断添加富有特色的细节和内容；第三，表演者善于根据观众的反应修改完善作品，在不断出现的建议中将作品锻造得浓淡相宜。在曲艺行业中，经常出现一个家族的艺人或者一个师门的艺人多年靠一部作品反复表演谋生的情形。很多书目、曲目经过多位艺人的千锤百炼，久演不衰，在长达几十年的时间跨度中，仍然受到观众的喜爱和好评，这种独特的艺术传播现象，在艺术接受学中是十分鲜见和值得研究的案例。

三、大剧场受众

在大剧场表演中，观众与演员距离远，在某种程度上阻断了曲艺观众与演员的现场交流，为曲艺演出带来了相应难度。长久以来，曲艺演员凭借观众的及时反馈调整演出状态。一方面，增强了演出效果；另一方面，也对作品进行了有益的补充，在每一次演出中积攒经验、精进技艺。在曲艺演出中，观众的适时介入，不乏是演出精彩呈现的一部分内容，演员在观众反馈中得到认可和激励，能够迸发出超群的现场状态。而在大剧场中，由于空间的加大，无形中在演员和观众中间竖立了第四堵墙，削弱了观众的介入感。空间在曲艺艺术中的地位远不如戏剧或者其他舞台艺术重要，过大的舞台和过多的演员不仅会分散观众的视线，影响叙事的流畅，而且会破坏舞台上下的情感交流。

曲艺演出中的许多细节和强调内容，借助于观众互动而增强效果，在大剧场演出时，电声设备起到扩音作用，却极大地减少了观众效果给演员的回馈。如此一来，造成了演员对于演出中的观众状态无法掌控，不能及时调整演出模式和内容。观众在观赏中则处于冷眼旁观的理性态度，相比近距离接触的小剧场表演，使观众全情投入演出内容中变得更为困难，需要演员花费更长时间进行情感渲染。

曲艺作品讲求演出节奏，有相当一部分内容需要得到受众的及时关注，在准确的语言节奏中呈现艺术魅力。在大剧场演出的时空限制下，演员与观众的交流变得更为迫切和紧要，为了能够增强观赏效果，提升演出感染力，适当夸张或者变形的表演成为一种必要。碍于空间限制，演员只有将表演放大，才能更好地吸引观众的注意力，从而引起观众的兴趣。

四、广播听众

广播传输利用的是中波和短波信号，因此传播范围较广，节目制作周期短，传播信息的成本相对低廉，是一种有效迅捷的传输方式。然而，由于时空限制和渠道特性，广播节目制作者与用户互动的成本较高，在很大程度上是一种单向度的传播与输出关系。曲艺节目最初进入广播传输时，起到了提升演员知名度和普及作品的里程碑式效果。曲艺艺术展示的环境虽然近年来转变很大，由地摊而茶园而剧场而高台，然而在很大程度上仍然以听觉体验为主①。

在娱乐内容匮乏的年代，电台广播不啻于改革传播模式的里程碑。由于初期的播音条件有限，都是将演员请到演播间进行直播。戏曲除了播放唱片以外，在直播间内演出大戏十分不便，而曲艺基于自身的灵便条件，成为电台文艺广播的主要内容。根据 1944 年北京、天津两地电台播出节目的统计："两地电台全天播出的节目都是十八项，天津台曲艺占十二项，北京台曲艺占十四项，几乎全天播出的都是曲艺节目，使曲艺在群众中造成很大的声势"②，将更多曲艺演员变为家喻户晓的明星。

通过广播信号，以往基于路程和地域限制的地方戏、名演员、优秀作品被传送给更为广阔空间的受众，使得以往受到区域限制和人为

---

① 吴文科．曲艺综论［M］．沈阳：北京时代华文书局，2015：144.

② 倪钟之．中国曲艺史［M］．沈阳：春风文艺出版社，1991：510.

阻碍的演员，知名度飞升，一时间风头无两。曲艺艺术作为舞台演出形式，在面对广播传输时，失去了其视觉冲击力，服装、道具，演员的造型、表情、动作等，都无法在广播节目中传达给观众，只能靠声音和语言协助观众展开联想，在脑海里构建画面。观众只能以声音化的语言性描绘为切入点，一部作品全仗着演员一张嘴，将注意力集中在声音和信息延展上，广播媒介的属性与曲艺艺术的审美特性异质同构，在接受层面阻碍较小。

广播听众对曲艺作品的接受程度取决于收听设备的精良性和稳定性。同时，也因听众个人理念、修养、受教育程度、心理状态的不同而有所差异。在同样的收听条件下，性格开朗乐观、审美经验丰富的听众，能够较为容易地从广播节目内容中获取信息与愉悦。而对内容信息了解程度缺乏、理解能力有限、想象力差的观众，则无法获得足够的审美信息刺激，从而影响其对曲艺作品内容的接受与反应。曲艺家们利用广播媒介的特点，用悬念牵引听众，充分调动观众的想象力，用叙述性话语进行故事的精彩演绎，达到使观众连续收听的目的。

五、电视观众

电视媒体的出现，使曲艺艺术进入千家万户，生动地出现在观众面前。由于中国地域广阔，电视观众覆盖面广，绝大部分观众受教育程度有限，文化水平和对艺术的接受程度参差不齐，出现在电视上的内容需要符合绝大部分观众的审美需求，从思想上正确引领和发挥表率作用。曲艺艺术在进入电视传播以后，相应减少了讽刺、反喻等内容，增加了赞美、歌颂等正面内容；减少了曲艺演员的个性化评述，增强了作品的故事性讲述；减少了丑陋奇趣的恶俗表演，增强了视觉美和听觉美为一体的内容表现。

曲艺表演往往是“一人一台戏”，既凭借演员深厚的艺术讲述功底，又依靠评论和技艺作为叙述的生动补充，这是艺术同观众沟通感情的有力武器。以评书表演为例，有艺谚云："评书无评，如目无睛"，评书的评论部分，不仅是史可通今的重要桥梁，更是书内书外活络书路、调剂书情、生发书意、传达书韵，从而激发观众情绪和联想的关键手段。相声表演也是如此，评论性的包袱往往效果更好，情节只是"包袱"的载体，而观众发出笑声的本质则是对矛盾的直接揭露和批判。遗憾的是，当曲艺走上电视舞台，表演趋于削弱或者忽略评论性的倾向，对于观众而言，也缺少了一些价值取向的引领。

电视媒介是一个丰富精彩的平台，使更多的艺术形式得到更加完美的展现，借助电声设备和镜头光影，歌曲和舞蹈节目在原有基础上增添了现代科技的美化。而曲艺艺术由于其民间文艺的特点，借助高科技展示的层面有限，银幕相隔，原有剧场艺术的魅力又无法完全施展，电视观众与演员的即时互动几乎为零。由此，曲艺在电视媒介中的演出效果完全依仗内容和形式的有机结合。

说书唱曲历来就是劳动人民学习历史、认识社会、丰富知识的重要途径。一方面，电视传播的曲艺表演为观众展开社会生活的风俗画卷；另一方面，电视传播的曲艺表演启迪和引领了观众的思想。观众通过电视观赏曲艺表演时，既希望欣赏到演员千姿百态的个性魅力，更希望能达成曲艺观赏中与表演者的默契，畅快淋漓地体会曲艺的虚拟性带来的意蕴，写意性展开的联想，无程式性激发的惊喜和感动。

六、网络受众

在曲艺表演进驻新媒体以后，其表演内容更为丰富，受众格局发生了很大变化。以往剧场演出的曲艺，往往面对的是中老年群体，青少年很少驻足。而交互媒介中的受众和用户以青少年为主，他们往往用移动终端设备进行点映观看，以兴趣为主导，不被播出平台局限和牵制，善于表达感受，利用弹幕和评论等方式进行观看中的即时反馈。他们的期待视野集中在校园、爱情、理想、就业、动漫等领域，青春励志、幽默智慧等内容是其关注的重点。受众的格局变化引发了曲艺艺术的“蝴蝶效应”，不仅使曲艺艺术在网络上的演出内容有所调整，还吸引了众多受过高等教育的说唱演艺爱好者加入到行业中来。其中，不乏名校的硕士、博士。这种以受众端反向逆推而引发的曲艺生态变化，对曲艺艺术的良性代谢大有裨益。

在媒介多元融合的文艺格局中，传统说唱表演艺术结合新媒体技术，进行了极具时代特色的形式与内容创新。传统说唱艺术的优秀基因与新媒体、自媒体有机结合，有效拓展了受众群体。直播平台里常见的说唱、脱口秀、套词、散嗑、喊麦等，都是中国传统曲艺艺术的形式拓展。在网络上的展示空间，为曲艺表演者聚集起大批“粉丝”，实现了细胞裂变式的交互传播和内容传达。①

第三节　网络视频内容传播价值提升策略

一、悬念与默契

网络视频在科技层面实现了表演者与观众的无缝实时互动，在提升交流效果的同时，却在作品传递层面增加了相应难度，即难以进行独立长篇连续作品的演艺，打破了作品文本原本具备的神秘感。在传统说唱演出中，任何曲艺作品都因悬念更加富有魅力。悬念的存在，不仅展现着人物性格，推动着情节发展，展示着冲突对峙，更是吸引观众的主要动力。在长篇曲艺作品的连续演出中，表演者没有过多协助和可借助的道具，需要凭借一己之力将观众长时间吸引住，在作品中精妙构划，磅礴之处疏可跑马，细微之处密不透风，用大量的细节承托富有魅力的传奇故事，用拖延法留住观众，用悬念培育观众的观

---

① 崔凯．交互媒介下的曲艺生态新格局［J］．上海风采，2017（1）：72－73。

看兴趣，渲染人物和故事的传奇色彩，使观众的好奇心越来越强。而在网络视频说唱才艺展示中，由于从业人员素质参差不齐和创作人才缺失，造成演艺内容碎片化，缺乏整体性的前后照应与关连，从而失去作品文本理应具有的悬念和张力。

在中国传统曲艺作品的叙事中，文史不分是一个典型特征——以文为史和以史为文，无论是故事还是历史事件，都在超凡的形象和激变的背景中，以情节的偶然性和人物的神奇性取胜。观众对悬念和未知的疑惑好奇更增添了曲艺作品在其审美格局中的召唤力量。中国传统文化中的神话、传说、民间故事等都具有原始崇拜、原始宗教和泛神意识的深刻烙印。曲艺作品对于故事的演绎，往往是超现实的生活画面与超凡理想形象的统一，这对于观众审美情趣的培养有着重要意义。当代网络视频说唱才艺展示以浅白的插科打诨为主，虽然有曲艺说口的形式特点，但在内容提升上仍有相当长远的路要走。

传统曲艺观众在欣赏曲艺作品的过程中，对内容展开联想的同时，充满着对古代生活的巡礼和异国情调的猎奇，向往着对神仙世界的徜徉和鬼狐王国的寻觅，内心中原发的远古崇拜和初民意识一起，将艺术与民俗、信仰与消遣、泛神意识与童贞心理有机地结合到一起。在网络视频内容中，就有一些古风艺人靠传统文化标识得到观众赏识，满足了中国优秀艺术元素的网络传播需求。

中国传统说唱作品中的人物，往往是人神合一或者化神为人的人杰。无论是能断阴阳的包拯，还是亦神亦妖的孙悟空，都是入世磨炼，历经伦理道德和世间磨难考验的典型。即便是史实性的人物，也被传统说唱作品塑造成为武力、武勇、武艺以及人体体能都值得崇拜的侠客名士，在比现实更为深化的环境里施展本领。以往的评书、鼓书观众之所以痴迷于故事情节，与中国泛神意识的传统不无关联。观众对原始宗教存有基因性的意识留存。在初民力图解释自然力和社会现象未果后，由原始宗教、人为宗教转化而来的民间宗教，在农民和市民阶层中有深刻的意识土壤。泛神意识宁信其有，不疑其无，往往与消遣娱乐观念结为一体，在信与不信，似有若无之间，形成一种模糊而朦胧的审美心理。就艺术美学而言，这正是观众观赏曲艺作品时默契前置的心理基础。在这一基础上，悬念才得以展开和进行，而默契也因为悬念变得更加坚实和魅力无穷①。才艺视频网络展示的作品中，亟待出现集思想性、艺术性为一体的优秀内容，在利用现代化互联网传播技术优势的同时，弥补文本思想性、教育性的不足。

二、距离和角度

艺术欣赏心理是民族感情的惯性模式，艺术潜移默化的影响力也改造和影响着观众的观赏角度与习惯。现场表演艺术对观众的培养和探求，正是为了把握、适应和满足观众这种微妙的心理活动，只有当艺术创作和观赏二者和谐一致，在感情活动上相互感应时，艺术的使命才算初步完成。观众的观赏习惯是长期审美经验积累的结果，凝聚着思维惯性的汇集、观赏习惯的渗透和观赏心理的长期作用。每一位观众在观赏艺术作品时，都会不自觉地受到内在心理坐标系的影响——用经验判断对错，以价值衡量善恶，拿智慧积淀考量真假。一般而言，受众审美时的心理距离和观赏角度是影响其观赏感受的关键。

心理距离，是指观众在欣赏艺术内容时产生的超脱感。这也是在视频说唱作品的审美过程中，主客体之间的特定沟通模式。在旧有的剧场观剧模式中，曲艺观众总是采取一种豁达舒缓的态度与舞台上发生的一切保持距离。传统曲艺演员对作品的演绎往往使用第三人称，用描述的口吻冷眼旁观。曲艺说唱艺术产生于民间，常年面对的是受教育程度有限的布衣百姓。为了能够最大程度地演绎社会生活的丰富多彩，展现社会矛盾的尖锐错综，让观众带着理性的智慧拨开世俗的外衣，曲艺作品生成了这样一种演绎模式，也培养观众在心理距离上

---

① 薛宝琨. 薛宝琨曲艺文选［M］. 北京：中国文联出版社，2013：37.

生发出超脱感，从而能够为愚蠢而发笑，为英勇而喝彩，为邪魔而愤懑，为果决而慨叹。曲艺观众超脱的心理距离是站在优越的视角上感受世界，这是历经辛苦生活的百姓最为理想的观赏状态，既不被故事中的贫苦和磨难羁绊得无法自拔，也不至于冷漠麻木得无法感受爱与痛。当现实生活赋予了人们困苦和纠葛，在艺术观赏中用超脱的心理状态旁观和评述，无疑是心灵上最好的安慰和治愈。每个观众都知道曲艺作品中的金戈铁马、情丝牵连是虚拟假定。用假戏真做的心理状态介入其中，始终在清醒、自由的欣赏状态中品评艺术，是曲艺观众的特有心境。在当下的才艺直播视频展示领域，虽然观众的观赏期待心理与以往如出一辙，但在实践中因才艺展示者能力和品位限制，未能给予网络受众期待的心理满足。这也是网络视频直播领域亟待提升的关键所在。

中国艺术作品大多数呈现悲喜交织、寓庄于谐的情感色彩，故事在演绎过程中跌宕起伏，演员在表演过程中加入了许多艺术技巧，令观众欲罢不能。观众依照故事情节和人物的具体因素调整观赏角度，对悲壮的勇士精神肃然起敬、仰望感动，对滑稽的内容宽容捧腹、欣然开怀。通过表演者的循循善诱和娓娓道来，观众始终能从客观正面的角度直视问题，在咀嚼内容的同时暗自评判。在悲剧桥段，观众为人物感怀；在喜剧情节，观众为人物捧腹。观众始终用抒情化的视角参与作品审读，用理性的心态看待作品。无论多么忘情投入，观众都会与作品中的主人公保持心理上的距离，也与艺术作品的故事情节保持适当距离。

在直面生活的处世哲学中，曲艺观众能够在悲喜杂糅中感受欢愉和力量，把曲艺作品和现实生活复杂而清醒地相互映衬，使曲艺烛照生活，生活滋养艺术，用冷静、轻松的视角积极而敏感地参与曲艺作品赏析中去[①]。当代网络视频直播艺人的准入门槛较低，存在相当一

① 薛宝琨. 薛宝琨曲艺文选［M］. 北京：中国文联出版社，2013：52.

部分表演者通过平台导流或者吸引眼球的言语和恶俗趣味挑逗、撩拨观众，在对经济回报的追逐中沉沦艺术理想，把舆论引领者的责任和义务抛掷一旁。在网络受众多以低龄学童、文化水平低的观众为主时，文化指引功能因追名逐利而本末倒置，尤其应引起新媒体研究者的重视和警醒。

三、创新和期待

互动性的艺术形式在观众的期待中成长和发展，演播作品长此以往集腋成裘，在内容中反映了观众的心理和向往，在形式上通过实践有所增补和改进。曲艺的创新包含技术创新、内容创新和仪式结构上的创新。从艺术发源的角度而言，曲艺艺术的技术大部分从生活和劳动中提炼产生，由百技而生百艺。

在曲艺审美的初级阶段，往往是技艺不分，甚至是技重于艺。待到艺术观念深入人心以后，展演作品得到观众认同和普及，故事和人物成为艺术表演的核心，技艺的重要性逐渐削减，退化为表现手段的协助部分。这种技艺转化的过程越顺畅自然，技巧体现的魅力就越被艺术吸收融汇，曲艺艺术的整体形式也就越发符合观众的审美期待，得到更多观众的追随与认同①。

网络视频才艺展示作品之所以技巧性低，专业壁垒小，出于以下两个原因：一是网络视频才艺展示中表演者的出发点与传统曲艺演员不同。传统曲艺演员以技能为本职，视演出为工作，竭尽全力地提升业务能力和打造作品。而网络视频直播表演者则不然，他们进行展示的很大一部分原因是自我展示，以获得社会身份的舆论认同，在博得关注和点击率时满足内在社交需求，不以单纯的糊口或者提升业务和作品品质为根本目的；二是互联网电商平台的渠道优势助力。网络视

① 薛宝琨．薛宝琨曲艺文选［M］．北京：中国文联出版社，2013：29.

频表演者在积累了一定人气之后，不用以内容质量作为安身立命的本钱，而凭借电商匹配广告作为收入的主要来源。基于以上两点原因，网络视频直播表演者忽视作品文本质量，不提升技术能力和文化素养成为普遍和惯常。

事实上，如果网络视频表演者能够进行一定程度的创新，借助科技的强大力量，将对行业发展大有裨益。

（一）技术性创新

观众的欣赏期待是一种强劲的心理惯性，既不会无缘由而生，也不会骤然间消逝。在曲艺表演中，技艺并重是一个重要特点，一些看似脱离艺术内容，甚至影响艺术节奏的技艺或者技巧展示，不仅往往被广大观众包容，有时还成为艺术表现的特点，成为形式魅力的独特象征。如鼓曲伴奏的表演形式，音乐伴奏成为表演中的重要组成部分，不仅像演员一样在舞台上直面观众，甚至还为乐队提供了展示技艺的必要环节和机会。鼓曲演员的鼓套子和炫耀技术的过门演奏，琴师的特定演出技法，都成为演出吸引观众的必要所在①。在某种程度上，它打破了演出叙事原有的节奏或者程序。但是更重要的是，技法炫艺反而构成了中国艺术虚拟美学的空筐结构，更好地服务于说唱艺术的间离效果。

空筐结构是一种嵌入性召唤结构，即作品中留出开放部分，让受众保有进入的空间，埋伏一系列故意的空缺，诱使接受者产生一种嵌入意向②，类似于中国绘画审美中的留白处理。艺术表演中的技巧凸显无疑会吸引观众的注意力，观众会着意听取演员在某一段表演中的技巧或者伴奏。如果技巧凸显的环节在表演中被改变或者忽略，观众会觉得演出有所欠缺，意犹未尽。技术性创新鼓励观众主动介入作品，鼓动观众协助作品完成或者使作品更加精彩，它主动地呈现出一

① 薛宝琨．薛宝琨曲艺文选［M］．北京：中国文联出版社，2013：30.

② 余秋雨．艺术创造学［M］．武汉：长江文艺出版社，2013：202.

种潜在力量，让接受者把它变成现实力量。

《道德经》中所指的“大成若缺”可以用来说明技术性创新对于曲艺艺术作品的意义。技术性创新正是在培养观众对作品细节的个性化关注，制造注意力黑洞，以求大成。从接受美学层面来看，这是一种艺术谋略，更是对于一种生命相融的审美佳境的追求。在说唱作品结构完整的基础上，利用技巧制造召唤结构，用观众的热情、想象、经验进行填补，是曲艺艺术家技艺相融的技术展演，它立足于说唱艺术的技术性创新，旨在创造和迎接更为热烈的受众观赏期待。

（二）内容创新

说唱表演艺术的内容创新蕴含着中华民族叙事艺术的特征，在激变的背景中以情节的偶然性和人物的超凡性取胜。在传奇色彩里，将现实生活的意蕴、规律，结合超凡的理想世界，并非是真实世界的完全照搬和写实。这其中，既包含了曲艺创作者生活感受的热烈强调，也包含了理性光华的深刻沉淀，体现的是再现和表现相统一的写意风格。

说唱作品内容的创新，显然加入了很多精神虚设的崇拜和向往，其内容本身并不需要完全遵从现实生活的每个细节，但是需要具备创造的说服力。创造的说服力与我们平时所知的教育性说服、科学性说服都不尽相同，作品内容里描述的对象甚至可以在现实生活中不存在，但是只要使观众相信，就可以构成直觉上的真实感，在审美的主体和客体之间架起沟通的桥梁，使创新内容作用于观众，而观众在内心的某种共性中，赋予说唱艺术内容中的艺术创造一席之地。

说唱表演内容与观众的沟通和培养，不止步于对现实生活细节的总结，而是在虚设的境态中对观众的说服，其艺术真实和生活真实关联甚微，只需要作用于观众的原始直觉并获得认可，即完成艺术创新的任务和达成观众期待。说唱艺术根植于民间，内容关联百姓所思所想，往往是对平常生活的积淀、对精神向往的追寻和对美好情趣的寄托。说唱艺术内容创造遵从的艺术创造力不同于其他社会领域，需要用艺术的眼光审度生活，区别于历史眼光或者政治眼光。

1. 历史个体事件不能取代创作本身

优秀的艺术内容禁得住时间考验，得以通过表演者口耳相传，因为观众的簇拥呼应而流芳百年，这种亘古久远的流传性很容易将说唱艺术的内容创造混淆于需要历史的眼光来介入。黑格尔曾经透彻解读过这一问题，他认为作品要长时间地留存于世，必须摆脱速朽性因素。其中，最为常见的因素便是"历史外在现象的个别定性"，它的发展不具备必然性[①]，因而不能作为典型事件代替历史本身。

在《史记·孙子吴起列传》中记载了一名将领为了统领军心杀死两名不守纪律的宫女的事件。以如此内容作为表演内核不仅无法引起人们对将领的崇敬，反而会因为人们的联想而招致反感。在所有表现王昭君的曲艺作品里，着眼这个远嫁女人的视角都不是她对于两国之间邦交的贡献，而是一个以和亲之名终身流放的女人的无助与漂泊[②]。与传统曲艺艺术常年生存、繁衍的茶社、书场不同，历史的眼光过于冰冷坚硬，甚至让人感到没有情感的温度和知觉。

在中国文化里繁育发展的传统说唱艺术，始终关注于具体的生命状态，受众的心理期待围绕于生命个体的生存感知和社群关系的调剂改善。观众在宏观的历史背景下，关切的是具体人物命运和故事的发展，在由彼及此、从外而内的心理观照下，期待生命被善待，善举被认可，罪孽被清偿。而历史叙事的角度，往往会消亡个体利益，牺牲弱小生命，这与传统说唱艺术的温存眼光背道而驰，流血和铁戈中无法生发出至亲的人间情味，所以在艺术内容创新时，历史的简单摘取不能替代艺术创作。

2. 政治宣传不能取代内容创作

说唱艺术作为解颐娱乐、解惑启蒙的内容面向大众，在某种程度

---

① 余秋雨．艺术创造学［M］．武汉：长江文艺出版社，2013：47.

② 余秋雨．艺术创造学［M］．武汉：长江文艺出版社，2013：48.

上是艺术表演者赖以谋生的商品，其商品属性与艺术特质有紧密关联，却区别于单纯的艺术品。中国传统曲艺艺术在特定的历史时间和场合，也曾经承担宣传的使命，但效果和反馈终究与其本质属性不相符合。说唱艺术内容创新的路径，不能仅仅流于政治眼光的长短善恶，对观众缺乏说服力和内心呼应的艺术创作，无法跨越时空存在和流传。

与艺术创作一样，政治宣传的关注点与核心也集中于人。然而，说唱艺术聚焦的情感体现，与情和理相连，与政治抉择的标准差别较大。而说唱艺术的商品属性，与政治宣传品的属性并不统一。当一些传统曲艺作品以政治的角度进行宣达，期待听到感人故事的观众就无法得到满足，艺术作品内容的传达效果就会因此受到影响。比如，在说唱创作中，所有以“霸王别姬”为内容的作品都围绕项羽的豪迈、虞姬的哀婉、爱情的凄美展开，个人私情和家眷顾虑作为表达的重点显然较容易引起受众的共鸣。

说唱艺术的内容创新，一定是生命内涵的窗口性展演，闪耀着情感的光辉和温度，注重与观众的感情碰撞，从而达到共鸣和共情。若将说唱内容创作打着政治宣传的旗号扮成政治宣传的伪饰，既是对艺术的损毁，也玷污了清明政治的传达。出于政治视角的假定，以泛政治化的所谓创作进行说唱作品内容开发，只会在特定时限和政治环境中短暂成立，无法永葆艺术的生命力。说唱艺术的内容创新和拓展，始终要以观众的视点为切入点，与受众期待相符合，使创作内容与观赏者互相成全。

符合说唱艺术规律的内容创新，势必将目光锁定在人类精神生态的田野上，不被政治流派左右，不被时代杂音困扰，不被教条规程束缚，不被学术定义裹挟。用敏感的审美触角关注普世情怀中的生命价值，拂去庸常，为心灵的哺养而高歌。

3. 仪式结构创新

“原始氏族失去了它的神话遗产，即会像一个失去了灵魂的人那样立即粉碎灭亡”[①]。这一理论放在现代人类社会仍然成立。仪式结构创新主要体现在艺术作品的呈现结构上，以创造出一种富有感召性的仪式为能量，将观众聚拢和吸引在作品周围，构成审美心理仪式[②]，从而完成观众对内容的理解和连接。闻名世界的“太阳马戏团”的舞台剧《KA》讲述了一位王子在家族遇难以后逃离困境并找到爱情的故事。在演出开场之前，身着宫廷侍从和反派叛徒服饰的演员就已经穿梭在观众席间。当扮演王子的演员出现在舞台上时，观众已经处于被预先告知王子受到陷害的故事情节之中。在巨大的情节压力和情感压力下，观众已经情不自禁地替剧中的王子紧张起来。当剧情发展到王子魂不守舍地趁夜色逃出宫殿，跌跌撞撞地进入原始丛林时，从表演剧场的天棚降下很多个装有森林精灵重锤大鼓的吊席。霎时间，观众就能感受到前所未有的震撼，剧场气氛骤然紧张并得到持续烘托。通过结构仪式的创新，舞台内容得到了观众积极紧张的呼应，角色此时成为了观者的朋友，因为仪式结构制造的心理参与感，角色和观众互相之间有了更为紧密的情感勾连。

电影艺术中经常运用仪式效应进行观众情绪的培养。日本电影《铁道员》讲述了偏远小站一名铁道员的经历。主人公佐藤乙松孤独而敬业的一生接近终点，无论是否有人看见，他仍然在破旧的站台上冲着列车深深鞠躬。电影中，虽然站台上只有他孑然而立的身影，但是在电影放映时，所有观众都参与了这个时刻，仪式感给人以压力，却充满了情绪的动力，在众人的目睹下，这场仪式显得更为震撼感人。

在传统说唱作品中，表演者往往用很多功夫描述仪式性的大场面。在这些仪式性的内容事无巨细铺陈开来的时候，观众也通过点滴细节，勾画出了美妙的欣赏画卷。在所有仪式描述极尽详尽时，观众在作品描述的仪式中也找到了自己的位置，用另类的参与方式，介入

① 〔瑞士〕卡尔·古斯塔夫·荣格．原型与集体无意识［M］．北京：国际文化出版公司，2011：7.

② 余秋雨．艺术创造学［M］．武汉：长江文艺出版社，2013：207.

到作品的延展中。在传统曲艺作品《铡美案》中，当包公令众衙役搬出虎头铡问斩驸马陈世美的时候，舞台上的剑拔弩张勾画出召唤性的仪式结构。《铡美案》的每一次演出，台下观众和台上演员都一起见证了包公公正的裁决和对陈世美正义的审判，众人的汇聚和向心一致，形成了戏剧环境中的理想观剧状态，成为情节仪式中的重要部分。《水浒传》是一次义士的起义，《西游记》是一程克服千难万险的取经。这些充满仪式感的结构和内容设计，都具有召唤能量的艺术吸引力。

说唱艺术内容的仪式结构创新，是对观众深层心理的呼应与契合。召唤结构对观众的潜意识有原始的吸引力，它在艺术的情境当中，为集体心理膜拜提供了特有的氛围和场所，用表演者的功力营造艺术环境。观众在自我构建的空间里完善说唱作品内容，是仪式结构创新所能推动和完善的环节，也是观众对说唱作品深层次的内心期许。

四、理想观众

就一般观赏行为而言，观众反馈对作品和表演者都具有促进作用，而在说唱艺术中，观众的意义更为重大。观众直接参与作品的创作中，作品的创作、表演、改编、承袭都以观众为中心发展和进行。一般观众随着观赏内容的变化而投入兴奋情感，根据一己喜好进行作品评判，就戏论戏，就曲谈曲，缺乏相应的作品延展探寻和深入思考。在说唱艺术发展的道路上，理想观众是真正具有审美能力并推动传统曲艺发展的有生力量。说唱艺术的理想观众是在一般观众的基础上设计、培养并提升的。他们在观赏中融进对现实状况的审度，对未来前景的远瞻以及对与时俱进的期许。说唱艺术的未来因理想观众的拉动而实现。

（一）理想观众对自然生命的拥抱向往

理想观众对说唱艺术的关注积极乐观，对自然生命充满拥抱向往。中华民族有乐活重生的文化传统，传统曲艺观众更是如此。只有对生命充满着乐观与热情，才能在说唱艺术作品中找到意趣，听出韵味，得到人生启悟与提升。说唱艺术的文本、音乐、演唱和舞台形式，旨在用生动的艺术渗透力表述生命的活力，而不是用虚幻内容进行麻木和催眠。只有对自然生命怀有崇敬和热忱的观众，才能为说唱艺术作品中的情意、情怀而感动和慨叹。一个对自然生命缺乏向往的观众，是无法融入曲艺艺术，也无法被艺术感染力真正触及的。

在任何时代背景和历史背景下，观众对艺术的欣赏都以自然生命为前提。理想观众出于对生命意识的判定和思考，才能生发出对说唱艺术作品的理解限定和感同身受。探寻中国传统曲艺艺术的历史文化基因与提升路径，都是基于对理想观众的讨论开展的。艺术在理想观众对生命的感召下升华，自然生命因理想观众对艺术的汲取而深刻。基于理想观众对自然生命的关注和热爱，说唱艺术才具备了发展和提升的情感载体和前提。

（二）理想观众对社会情态的关注意趣

中国观众普遍拥有入世务实的世界观，对社会情态投以关注的目光和解读，对说唱艺术作品中的人物和故事都有世俗化、生活化的诠释。这种对社会情态浓厚的关注意趣，来自于农业社会实用主义态度，在积极追求生命议题的状态中，用现实的眼光衡量社会，衡量说唱艺术作品中的种种情境。

理想观众势必要对社会情态怀有敏感的关注，在社会静观中保持乐观，在混沌的俗务中有拨云见日的期待。说唱艺术作品中的每一次人物刻画和故事延展，理想观众都会以积极的心态来审度应对，用现实生活中积累的智慧进行分析和介入。说唱艺术作品演出的场所，不仅是文娱活动的开展地点，更是生活信息的交流场所。对社会情态具有关注意趣的理想观众，在观赏说唱艺术的过程中不是为了脱离现实，而是为了更加深刻地享受、理解和把握现实的意义与目的。

说唱艺术自形成起便不断壮大演艺队伍，吸引更多观众，在不断的演出和革新中，磨砺其形式技巧，辨别其门类范畴。但无论说唱艺术如何变化，承借什么平台进行最终展示，其突出的标志之一便是在灵活的演绎中时刻关注社会常情的风貌和意趣，通过对理想观众的刺激得到反馈，在看似庸常的生活中为劳动者、劳动技巧、民间技艺高呼与欢歌。说唱艺术的社会性基因贯穿于其发生发展始终。理想观众对社会情态的感知能力影响和制约着说唱艺术作品对人伦道德的评判，对社会善恶的关注，对人文情怀的终极追求。

（三）理想观众对艺术格局的辨识承继

说唱艺术无疑富有趣味性，是通俗文艺的重要组成部分。然而，仅仅将说唱艺术作为消遣解颐的手段，无疑是本末倒置的，忽视了其更为重要的作用和意义。说唱艺术作为一个良性社会导体，谈古论今，悉数掌故，寓庄于谐，将许多历史和文学知识搬上了曲艺舞台。表演者在某个历史阶段甚至承担了传道解惑、普及启蒙的任务。理想观众不仅应该看到说唱艺术的技术和效果，更应该对曲艺艺术的艺术格局具有辨识和承继的清醒意识。

说唱艺术内容通俗易懂，技巧精彩纷呈。然而，如果观众只将意识停留在消遣娱乐层面上，将说唱艺术作品简单地理解为浅层次、流于浅表的感官刺激，则过于片面武断。说唱艺术中的喜乐元素是生动而深刻的表述，它与具象生活充满了丰富的血脉联系，却潜藏了生活哲理和世情辩证。理想观众能够在故事背后领悟精髓，对艺术格局具有潜意识中的认知，由艺术感知汇集成理性的长河。而理想观众往往是在一般观众的基础上培养提升而成，在观赏以后能够抛却形式的束缚，达到对真理的追寻，在技艺以外探索艺术品位，从具体故事中探究普世价值。在观赏中，理想观众能够融进对现实的审度和对前途的憧憬，在与时俱进中总结与前瞻，从而达到对艺术格局的辨识与继承。说唱艺术的未来因理想观众的整体意识提升而发展，在与理想观众的互动和反馈中革新进步。

第六章 网络视频内容文本反思——软实力创建的审美期待

第一节 文本审美与网络传播形式的对立统一

网络视频内容自产生伊始便在较少限制的互联网土壤里肆意生长，对商业刺激的反应异常迅速，能够在最大程度上迎合受众的观赏需求。网络视频才艺直播内容产生初始阶段的演艺作品以视觉刺激内容为主流。随着网络监管制度的逐步完善，观众对网络直播这一形式逐渐熟悉，对内容的可看性、审美性也提出了更高的要求。那么，作为商品性质出现在传媒生态里的网络视频才艺直播内容，能否在可期的未来承载起传递真善美、引发正向审美意趣的重任呢？如果网络视频才艺直播与传统曲艺具有同质性，那么，曲艺艺术的审美发生和审美传达，能否在网络视频才艺直播领域也同样发生呢？在前瞻网络直播行业获取答案之前，回溯曲艺艺术的审美发生与传达，或许能够为研究者提供些许启示。

一、网络视频才艺直播与传统曲艺审美过程的同质性

在传统曲艺艺术生产的过程中，曲艺创作、曲艺作品和曲艺审美三个环节共同组成了一个完整的曲艺艺术系统。曲艺审美不同于对一般艺术品或者艺术形式的鉴赏，是曲艺观众针对作品展开的积极、主动的审美介入，表演者依据观众反馈进行作品的再创造，继而完成整个曲艺作品的创作与改造。相比其他艺术形式而言，曲艺艺术中的审美环节包含了更为深广的内容和深刻的意义。

20 世纪 90 年代以来，艺术审美越来越引起人们的重视，接受美学异军突起，影响广泛。接受美学的诞生地为德国康斯坦茨，接受美学的代表人物主要是文艺理论家姚斯和伊赛尔。一方面，他们确立了

受众的中心地位，认为作品中的艺术形象是观众进行审美再创造活动的客观依据；另一方面，他们认为观众是以积极的态度参与审美创造活动的①。曲艺观众在长期的审美活动中，对曲艺作品的内容、形式、手段、风格、韵味都有不同程度的介入和再创造，在曲艺审美过程中，主客体互为作用，作品因为观众的审美介入而更加完整，观众基于内容的延展和升华形成更加丰富的审美观和审美格局。

（一）内容的充实美

1. 从古到今无所不论

曲艺艺术的魅力来自于内容的丰富与精彩。曲艺艺术是历史的影像，在其艺术的构成因子中，包含着每个时代和历史时期的特质。今天观众欣赏到的曲艺作品与其最初被创作出来时已大有不同。不仅具体的曲种类别在多年的新生和融合中有再造和消亡，就连每一个曲种拥有的具体传统节目，也始终在千百年的发展和革新中变化着。曲艺艺术之所以能够在滚滚前行的历史长河中保持旺盛的生命力，主要在于其兼容并蓄、纵览古今的充实内容。

曲艺作品中有很多丰厚的传统遗产。在千百年来长演不衰的传统保留节目中，涵括了大量从古到今的文化艺术信息。其中，既有对生活境况的反馈，也有对时代价值观的思考。曲艺作品在对故事和人物的评述谈论中，展现了具有时代思想的“化石”性载体。曲艺艺术包含的思想内容经过革新和继承，在每个时代闪耀出不凡的光华。曲艺观众对作品的频繁介入和审美干预，促使曲艺艺术的每一次发展都贴近观众的情感脉搏，吸收先进的艺术手段和技巧，在频繁实践中创造出审美奇观。

只有内容的多样，才能迎合新时代受众多样化的欣赏趣味。曲艺艺术因为适应了各个时代观众的审美需求与审美习惯而延续至今，也

---

① 彭吉象．艺术学概论［M］．北京：北京大学出版社，2015：381.

因为具备了艺术审美的现代意识而继往开来。在曲艺艺术从古到今的话题中，深刻而严肃地反映了时代的精神风貌，在作品无所不论的包容里，传承着曲艺思想内容为现实服务的意识。曲艺艺术因为具备了内容上兼容并蓄的自觉，才得以完成千百年来的审美创造。

2. 从史到诗无所不采

曲艺作品的叙事艺术从中国古代神话、传说、民间故事中汲取了大量养分，“讲史”以历代战争故事为内容，演化出历史演义和英雄传奇两个类型。无论是历史事件还是英雄人物，都在超凡的背景描述中，以情节的偶然性和人物的神奇性为主。始终围绕人物和故事进行扣人心弦的叙事，是曲艺表演者的技巧和表演重心。无论是英雄创造历史，还是情节诗文连篇，都是曲艺表演者塑造整体作品的支撑。其中，文史相间是曲艺叙事的传统和特征。

宋代时期，随着城市的兴起、市民阶层的壮大，民间说部艺人由原来在农村的消遣自娱发展为城市的职业艺人。而说部的听众大多数是从农村流向城市的劳动阶层，他们烙印了浓重的民间文学欣赏习惯，夹带着消除疲劳、消遣娱乐的初始目的。于是，民间说部作品大多数在民间故事和历史传说的基础上架构情节，把农民的远古崇拜观和“以文为史、以史为文、文史不分、文史结合”的观念结合在一起，在历史事件上演绎情节和创造意境，使实者虚之，虚者实之。

曲艺作品的大部分内容，既表达对现实生活的观感，又传达群众的历史观。戏剧性极强的曲艺故事，是中国民族艺术“史才”和“诗笔”的结合，是再现和表现相统一，体现为以表现为主的一种写意风格。曲艺既是对历史富有理性的深刻概括，又是对生活感受的诗意强调。

很多曲艺作品体量宏大，多以长篇演义，以历史题材为主。其中，根据曲艺观众的审美预期，表现了农民的生活情趣，在内容中穿插谐趣话语，为冗长的历史内容加以润色。比如，在曲艺作品《杨家将·调寇》一段中，崔亭眼中的寇准和县衙，实际上是农民心中理想化和文艺化了的农民和村舍形象：

> 崔亭勒马仔细观，见县衙一片凄凉破旧不堪，
> 两扇大门还剩下一扇，影壁墙脱落坍塌了半边。
> 鸣冤鼓上的尘土有一寸多厚，枯草一片在眼前。
> 崔亭下马把县衙进，只见那大堂上寂静无声少人烟。
> 公案坏了一条腿，下面垫着两块砖，破旧的椅子没椅垫，褪了色的屏风戳在后边……
> 崔亭两眼仔细看，从后边来了寇准七品官，
> 看年纪刚过四十岁，眉清目秀三绺短髯，
> 破旧的乌纱头上戴，褪了色的蓝袍身上穿。
> 官靴上前打包头后掌钉儿，有几块破处用青线连。
> 崔亭看罢暗盘算：我可从来没见过这样样的穷县官！①

在以上这段曲艺作品中，虽然以历史背景展开故事情节，但是主人公的形象和境遇无疑是农民观众熟悉的内容投影。曲艺内容虽然在史和诗的变奏中交互调剂，却依然万变不离其宗。

3. 从叙到评无所不及

曲艺艺术不仅描绘了丰富的历史文化知识，而且加入了有趣的评述和讨论，使曲艺艺术成为观众获取多种文化艺术的百科全书。在曲艺作品展开的过程中，人物和情节往往是观众欣赏的重点，由事及人、因事涉人往往是表演者的匠心所在。而与之相互承托的，是内容中的评论部分。曲艺观众往往按照朴素的生活观，从善恶真假的伦理道德标准出发，把人物分成品性相异、色彩不同的各种类型。这些人物承载着观众本真的理想愿望，不仅串连着情节的枢纽，还成为结构设计情节的关键节点。

中国民间说部中的“四梁八柱”在某种程度上能够代表中国传统曲艺中叙与评的相互依托关系。“四梁”包括书根、书领、书胆、

---

① 薛宝琨．薛宝琨曲艺文选［M］．北京：中国文联出版社，2013：79.

书筋。其中，书根往往是一部书赖以依存的社会历史背景，通过艺术规定情境中的特殊人物，把历史烟云、环境氛围、人物关系具体表现出来。如《封神榜》以“武王伐纣，灭殷兴周”为书根，其他人物都因此而起[①]。书筋是进行穿针引线的陪衬人物，往往是性格随性的喜剧人物。如果说主要角色是沿袭正统伦理道德观念行事的，那么书筋则是特立独行的标志性人物。如《三国演义》中的张飞，《水浒传》中的李逵，《说岳全传》中的牛皋，《说唐后传》中的程咬金，《杨家将》中的孟良、焦赞，《续小五义》中的韩天锦，《樊梨花征西》中的小矬子等[②]。

曲艺作品中围绕主人公的描写往往是为了展开剧情，承载叙事任务，而书筋具有明显的反传统观念，挟带着议论和评述，是劳动群众民主思想和参政意识的体现。曲艺作品中的叙述，越发精彩详细越受欢迎，而评论环节往往是观众在欣赏过程中较为渴望的。叙述和评论的穿插和相互承启，使受众的想象空间大大增加，人物和故事变得更为丰富具象。叙评相间既能使表演获得事半功倍的理想效果，又是曲艺审美中引人入胜的关键所在。

（二）形式的综合美

曲艺艺术集合了戏剧、小说、诗歌、音乐等各个门类的长处，汲取了多种手段和方式的艺术表现力，从而形成了自己独特的审美特征。它将时间艺术与空间艺术，视觉艺术和听觉艺术，再现艺术与表现艺术，造型艺术与表演艺术的特点融会贯通，体现出强烈的艺术感染力[③]。

1. 戏剧的冲突美

曲艺艺术通过刻画角色的对话和动作，展开激烈的冲突和交锋，

---

① 薛宝琨．薛宝琨曲艺文选［M］．北京：中国文联出版社，2013：92.

② 薛宝琨．薛宝琨曲艺文选［M］．北京：中国文联出版社，2013：93.

③ 彭吉象．艺术学概论［M］．北京：北京大学出版社，2015：204.

使戏剧情节得以进展，人物性格得以展现，在富于戏剧性的矛盾冲突和曲折起伏的情节中，塑造出具有鲜明性格的人物形象，进而打动观众。优秀的曲艺作品，一定都具有强烈的戏剧冲突内核，不仅体现人物之间的外部冲突，还要表现人物灵魂深处的内心冲突，继而构成丰富而深刻的戏剧矛盾，为表演提供强势的内容依托。

在曲艺艺术中，具有戏剧冲突的内容、表演者、观众是重要的审美三要素。表演者依据内容进行发挥，每一次表演过程都是创造过程，观众在观赏过程中的介入是主动而积极的。一方面，观众观赏表演者的精彩表现；另一方面，观众又以自己的情绪反应回应表演者。这种现场反馈的现象构成了曲艺艺术的重要特点。戏剧冲突在表演中的体现依靠表演者实现。表演者在进行二度创造时，深刻挖掘剧本内涵，把握人物的丰富情感，通过灵活掌握情感体验与艺术分析，用艺术化的表情、语言和形体动作在舞台上塑造出栩栩如生的人物形象。

曲艺作品因为戏剧冲突之美增加了思想深度和艺术魅力。表演者想要在固定的表演时间里吸引住观众，完成复刻生活画卷中的人物，只有运用激烈的冲突形式将庸常聚化，凸显出人心与人性。对于曲艺艺术而言，戏剧冲突展现时代烟云，反映人物性格，推动情节发展，并显示出悬念的魅力。曲艺作品中的戏剧冲突设计是其内在文本的召唤结构，跌宕起伏的剧情是激发观众好奇心的开关和长篇作品聚拢人气的黏合剂。失去戏剧冲突的作品，将毫无吸引力可言，更无从谈及美感。

2. 小说的形象美

曲艺的精彩来自于对人物形象的塑造，观众对作品的流连往往出于对人物的关注。在曲艺作品中，表演者可以运用小说的手法进行人物形象刻画，通过表现人物的对话、行动、外观全方位塑造人物，还可以通过不同的视角，跳进跳出、夹叙夹议、评述相间地对人物进行观察探索，带领观众进入人物的内心世界，通过丰富的艺术手段和细腻的艺术描绘深刻雕琢人物，为曲艺人物增添美感，使曲艺人物栩栩如生，使观众身临其境。

曲艺艺术对于人物形象的刻画往往将人物放在错综复杂的社会生活中进行立体审读，从而塑造出具有较高审美价值的、复杂丰满的立体人物或者典型人物。如在三国鼎立的历史环境下，成就了曹操这样一个多面而复杂的统帅人物。他精于谋略、狡黠老辣，既表现了三国时期的时代特色，又集中显露了历代封建专制统治者的伪善本质。所谓时势造英雄，在曲艺作品中，每一个曲艺人物的确立也正是在其特定的历史文化生态中成就出独一无二的光华。曲艺表演者在表演的过程中，将小说塑造人物形象的手法贯穿其中，为曲艺作品提升了审美价值。

3. 诗歌的意境美

曲艺艺术内容兼容并蓄，体例灵活。在曲艺作品的审美过程中，从诗歌借鉴来的意境描绘成为作品的升华和总结。曲艺作品经过对人物的塑造、情节的描绘、冲突的勾画，借助诗歌的意境渲染，内涵更加丰富，语言更加凝练简洁，使观众在差异美中找到乐趣与抒发。很多曲艺形式在开篇或者结尾处都以特定体例的诗句进行修饰，已经成为曲艺观众心中约定俗成的曲艺审美内容。

曲艺作品中的诗歌运用相对广泛，可抒情、可叙事、可议论。其抒情部分往往也与故事或者人物相关联，借景言志或者喻景抒情。曲艺中的诗歌部分往往不像格律诗那样严格讲究对仗、平仄，一般只求节奏和谐、合辙押韵，在字数和音韵上没有固定的限制和要求，但需要在内容上与故事和人物境遇相对应。曲艺中的诗歌通过强烈的情感和丰富的想象，集中概括地反映曲艺作品的精神世界，将观众带入美好而富有意境的故事情节之中。

观众在初次观赏曲艺作品时，往往出于对内容的好奇，希望了解故事走向与人物命运。当观众再次或多次观赏曲艺作品后，往往会着迷于其中的韵律与技艺，在曲艺表演者营造的诗意境界中沉醉流连。曲艺中的诗歌部分与叙述、议论内容相辅相成，往往由内容生发而出，带有强烈的感情色彩。诗歌因曲艺作品内容而具备了主观情绪附加，曲艺作品因诗歌的意境美增强了审美价值，更加令观众咀嚼不尽，蕴藉隽永。

二、说唱元素的网络化位移

《说唱艺术简史》指出，“曲艺是一门用口语说唱叙事的表演艺术”[①]。这个艺术门类有别于其他艺术形式而进行审美创造的基本方法，决定了它的艺术特征[②]。这一用口头语言进行说唱表演的技艺结合，由语言的想象美、音乐的韵律美、技艺的结合美构成了说唱表演审美效应的三个最主要手段。才艺网络视频直播展示有多种拆借于传统曲艺技艺的展示内容。在移步网络新媒体后，传统曲艺技艺获得了比传统传播模式更多的受众，达成了更为迅捷的即时沟通与回应渠道，增加了电商平台多元化的变现通路。然而，从艺术审美角度观察，传统曲艺艺术的文本艺术感染力，却并未在才艺网络视频直播中如同在传统艺术传播时那样大放异彩。

（一）语言的想象美

口语语言作为曲艺表演的基本素材，是曲艺进行艺术构建的物质依托。对口语语言的艺术化表达，是在口头文学的基础上进行的表演性演进。无论是曲艺作品的剧本还是曲本，都在演出当中占有不可或缺的基础地位；无论表演者的技巧如何娴熟高超，始终需要以语言内容的传递为演出的第一要务。语言中由想象给受众带来的美感体验，是曲艺审美的主要内容和基础。在网络视频直播中，网络主播所在空间叫做“直播间”，网络主播通过耳机和麦克风与进入直播间的观众直接沟通。

---

① 姜昆，戴宏森．中国曲艺概论［M］．北京：人民文学出版社，2005：12.

② 吴文科．曲艺综论［M］．北京：北京时代华文书局，2015：3.

传统曲艺表演以语言为承载，为观众扩充想象的空间，构建出特定历史空间的人物和故事。作为承载和传达信息内容的手段，语言在曲艺艺术中有着不可撼动的基础地位。信息在跨语言传播中会有折损缺失，影响曲艺表演的观赏性，无法起到在方言地域中原有的娱乐效果与影响力。因此，我国很多地方戏曲将方言作为演出语言，在语言手段上与观众无缝沟通，使语言的魅力充分施展，将观众带入曲艺作品的故事之中。我国只有较少的几种地方曲艺能够在全国范围内传播与流行，大部分地方曲艺种类因为方言的限制仍留有鲜明的地域性和民族性。在才艺网络视频直播中，由于表演者面对的是全国乃至全世界的观众，往往会选用现代标准汉语进行展示和回复。

曲艺审美发生的过程中，观众直观、多角度地接受审美信息刺激，曲艺演员通过语言的中介激发观众的想象，又通过表演让观众闻其声、见其人，产生身临其境的审美效果，从而使曲艺作品中的人物活灵活现地展现在观众面前。比如，《水浒传》塑造了一百零八个好汉形象，人人性格迥异，个个有血有肉。其中，雪夜上梁山的林冲、拳打镇关西的鲁智深、怒杀西门庆的武松、鲁莽耿直的李逵都给观众留下了深刻的印象。观众能够借助语言媒介的描述和表演，不受时间和空间的限制，自由想象，从而完成曲艺审美的全过程。

（二）音乐的韵律美

传统曲艺表演中，音乐作为语言表述的辅助和伴奏，起到了带动情绪的作用。作为人类最古老的艺术表现手段之一，音乐的韵律对表达情感有较好的宣达作用。抒情性是音乐的基本属性。在曲艺表演的语言描绘中，音乐最大程度地发挥了其韵律的感染力和表现力，在故事情节的跌宕起伏中锦上添花。在才艺网络视频直播中，有相当一部分表演者采用乐器演奏或者舞蹈展示吸引“粉丝”，更有很多音乐作品因为网络直播平台将其作为自制视频的背景音乐而流行起来。

传统曲艺艺术中，音乐旋律中的情感内涵具有多义性，需要观赏者充分调动联想和想象，将情感带入其中。朦胧的韵律美能够表现细微的内心空间，为曲艺表演增添更加丰富的色彩。曲艺中的语言表述准确而详尽，对于音乐韵律的读解，则根据观赏者的个人生活经历、文化修养和审美趣味不同而有所差别。同样的旋律，由不同的观众欣赏便有不同的感悟，甚至在不同情境下多次欣赏同样的旋律，常听常新。然而，由于网络视频具有电子信息储备功能，演出影像能够上传至网络平台服务器，供在线用户反复观看。由此，同样一个作品内容或者片段在互联网上被反复演出的次数受到很大限制，网络视频直播用户下意识地希望看到表演者进行新曲目、新作品的演艺，而不是无限重复以往的作品。也正是由于这一技术层面的便利，导致网络视频直播内容的质量下滑。表演者无法在有限的时间内，创作出大量兼具艺术性与技巧难度的新作品。为了吸引受众，视频直播内容呈现技巧性有限，经典作品和优秀作品寥寥无几的现象。

音乐旋律的情感建构，需要完全以乐音为材料完成，缺乏语言和文学的确定和约束。音乐表达与文字表达不同，没有文字和意向所指，需要观赏者充分调动审美感受力，运用以往的审美经验联想、体会，在内心达成某种特定专属的情感意向，从而完成音乐形象的内心塑造。说唱表演中的台词部分夯实了故事和人物，音乐韵律的表现则带给观众想象的空间。旋律美复杂内涵的解读，为说唱表演增加了联想的空间，能够让观众在多次表演中获得丰富隽永的审美感受，在虚实结合的过程中，使作品得到完美的呈现和传达。在网络直播中，单纯的器乐演奏也聚拢了相当一部分观众，尤其是传统器乐的跨界创新作品得到中国观众的热捧与喜爱。比如，二胡独奏曲《小神经病之歌》使用传统乐器二胡，融入二次元音乐特质创作，获得了受众的接受和喜爱，从而广为流传。

（三）技艺的结合美

传统曲艺是以说唱叙述为基本特质的综合艺术，表演中既包含了对技术的精湛要求，又凝聚了对艺术的长期提炼。传统曲艺包括了说、唱、表、做以及手、眼、身、法、步等各种技巧和演出环节[①]。曲艺表演者在技艺精进的基础上，才能成为以此为生的专业艺人，在技术完善以后，才能在艺术上有所建树，实现量变到质变的转化。技艺结合的曲艺表演，是实现其审美价值的完美手段。自觉地将技术进行艺术层面的演进，在艺术追求中不断严谨完善技术功底，使曲艺艺术更早地进入技艺结合的审美创造阶段，不盲从、不趋同，才能在技术和艺术的相互促进中凸显曲艺独特的审美特质。

传统说唱表演中的技巧是达到艺术效果的手段，艺术是技巧的承托目的，二者相辅相成，脱离了曲艺表演艺术归旨的单纯炫技，无异于卖弄杂耍；没有技术功底的曲艺表演，则是花拳绣腿，无法真正呈现出曲艺艺术的美感和吸引力。技艺结合的内涵，不仅是曲艺基本功的继承和发扬，还与表演者的艺术品位、表演修养、艺术旨趣相关联，并不是简单的匠人气、江湖态的规矩与程序。

说唱艺术的技巧只有不露行迹地融合于艺术中才能臻于佳境，在技艺结合的过程中将曲艺之美传达给观众。真正的曲艺艺术家是技巧和艺术二者集大成者，行云流水中自带热点与亮点，在审美价值的观照和曲艺艺术的情境中进行创造与提领，在功夫技巧的基础上进行艺术美的升华。无论是对于曲艺表演者还是观众而言，技艺的结合都是一个不断渐进与拓展的过程，既有技术与技能的不断更新，又有曲艺艺术情趣和观念的不断变化，与曲艺审美的总体艺术旨趣有根本而直接的联系。反观网络视频直播中的表演者，在技术上对他们没有准入门槛，人人皆可注册账号开启直播，在技巧层面下功夫的直播者非常有限，技艺结合的表演者更是屈指可数。即便是专业演员开启的直播视频，也往往迫于受众的浮躁心态而不做常规表演，利用一些非传统的内容吸引受众。以上这些现象已经成为网络视频直播领域亟待整治

① 吴文科．曲艺综论［M］．北京：北京时代华文书局，2015：25.

和解决的问题。

三、韵味的多元美

（一）俗味儿："俗到家时自入神"

曲艺艺术在中国有上千年的历史，是广大群众喜闻乐见的艺术形式。清代以后，说唱艺术由农村走进城市，成为市民极其喜爱、久盛不衰的艺术形式。曲艺艺术在其发展变革中，保留了乡野艺术文化的基因与情味。

曲艺作品中不仅凸显着人物形象的主要线条，更源发出民间文艺质朴本色的风韵，往往从三笔两笔勾勒人物的白描手法，就能够洞察出民间艺人审视生活的喜剧眼光。比如，子弟书《螃蟹段儿》里，通过满族青年和其汉族妻子吃螃蟹前后的生活插曲，发掘了潜藏于故事背后的种种情趣：从起初这对夫妻不认识螃蟹，买来时手足无措，"若不拿它赶着咬，欲要拿它又怕夹。"待到螃蟹煮熟也不得其法无处下口，"左一筷子，右一筷子夹也夹不住，骂了声怪物东西怎么这样滑"，最后不得不请来邻居二姨娘前来指点。等到小两口吃上螃蟹，高兴的心情溢于言表，"吃的笑盈心中乐，吃的喜悦笑哈哈"①。作品中充满民间意趣的语言激起生活的浪花，在曲艺作品独特的审美视角中，观众们获得了更加具象的认知，获得了直接而深刻的审美体验。

视频直播表演者来自各行各业，观众不要求其为专业艺人，越是通俗的表演内容与观众的观赏习惯越是接近。需要重视的是，有部分视频直播带有低俗的内容，甚至蓄意媚俗、哗众取宠，刺激受众的观看欲望，迎合少数观众的低级观赏趣味。这样的视频直播内容已经脱离了健康传播价值观的范畴，不仅有害于网络传播生态，拉低大众审

---

① 薛宝琨．薛宝琨曲艺文选［M］．北京：中国文联出版社，2013：81.

美品位，更不利于青少年受众的心理健康。

（二）野味儿："野芳发而幽香"

传统曲艺作品生发出的炽热情感是对观众生活体验的反馈，通过夸张的手法对生活细节纤毫毕现的描绘和各种拟物描情的铺陈，散发出对民间生活近似"意识流"的描画与映照，迎合了市民观众召唤视野中对阡陌巷径中的民间情愫的回落，符合观众的审美预期。

只有充满民间野味儿的艺术，才能散发出独特的幽香和魅力。即使是风格凝重、曲调舒缓、词章华丽的梅花大鼓，也从其他曲艺形式中移植了些许乡野味道浓郁的作品（比如，《摔镜架》）。

> 想二哥，一天吃不了半碗饭，两天喝不了一碗汤。
> 半碗饭，一碗汤，
> 瘦得奴家前腔贴了我的后腔，
> 胳膊上金镯戴不住，满手金镯子发逛荡。
> 腿长走道走不动，不扶丫鬟手扶墙，
> 强打精神走几步，红绣花鞋底做帮，
> 帮做底，底做帮，二哥哥回来花鞋才能正当……
> 王二姐来烙饼，呼听大姐闹嚷嚷。
> 这个说来了张延秀，那个说来了张家郎，
> 二姐我一听着了忙，一撒手把面贴在了门框上……①

观众之所以喜爱乡野之趣，源于他们对生活的热爱。在曲艺内容里细化的生活图景，倾注了观众鲜活的情感和追求，写满了观众对喜乐生活的憧憬和向往。所谓的乡野情味，实质是以起居饮食为主要内容的世俗生活写照，无论现实中的生活多么贫瘠，曲艺表演中的叙事都将因情而怡然，由实景进而至虚化。

这种情趣是出俗入雅、雅后还俗的艺术提高过程。所谓大俗必

---

① 薛宝琨．薛宝琨曲艺文选［M］．北京：中国文联出版社，2013：86.

雅，大雅大俗，曲艺作品中经过提炼和过滤之后的乡野之味，是曲艺审美中的特有境界。网络视频才艺直播中缺乏的，不是乡野情趣之“野”，而是对于“趣”之本质的明晰定位。当网络视频才艺直播观众看着屏幕发笑时，他们是因为才艺表演者突破低俗底线，言旁人之不屑言呢？还是因为才艺表演者真正凝炼了生活智慧的艺术升华表现呢？就目前我国的网络直播行业而言，行业发展正处在内容监管收缩、演艺者技能转型的时期。新兴行业发展的前期往往伴随着茫然与混乱，在观众不断成熟、行业秩序日渐清朗的过程中，网络视频才艺直播内容层次提升将是一个可预见的前景。

（三）杂耍味儿：对人体自身能力的肯定

艺术的精彩程度往往与技艺的熟练和精湛有直接关联。曲艺中的每一种艺术样式都有技术的参与和耕耘，其发源本身就是劳动技能在物质创造以外的展现和生发。人类的肢体从掌握劳动技能升华为反映精神世界，再到抒发情感，在亦说亦唱的表演中进行曲艺作品的审美传达。传统曲艺艺术中的杂耍部分，实质上是对人类征服自然本领的展示和炫耀，融汇于手、眼、身、法、步中的各门基本功，说唱中对唇、齿、舌、喉、牙和语言能力的驾驭，都是人体技能艺术化的过程。

传统曲艺中体现的杂耍因素，是为了在表演叙事过程中表情、表意，借助动态使表演更为生动，将语言和肢体加以配合，以表达更为深刻的思想。在曲艺审美的初级阶段，民间曲艺的表演往往是技艺不分，技重于艺的。待到艺术观念深入，故事内容成为观赏的核心时，技巧的展示便渐次成为内容的表述手段，成为故事演绎的辅助。现有曲艺艺术中的杂耍情趣，是技艺合一的产物。这种对人体自身能力的肯定，是表现平实生活的有益补充，包蕴着曲艺的民间特色和个性。

传统曲艺带有明确的杂耍技艺特征，说、唱、变、练无所不包，充分贴近生活，展示人体自身能力，在表演中增添辅助信息，增加观赏性。曲艺演员往往一人多角、说唱并茂、咸淡相宜，表演中充满杂耍意趣的技艺展现，将跳进跳出的角色扮演与叙事有机结合，使演出精彩叠现，夸张的肢体语言不仅饱含情感，更在动态的语汇中为表演带来极大的二度创作空间。比如，山东快书《武松传》中“武松怒打瞎炮仗”一段就是范例。

往前一推一大溜，往后一搂一大帮。
武老二使了个鬼推磨，那些人嗷嗷叫着直喊娘。
两个人对着打，一直打到落太阳，
武松这边留神看，看见了一只眼的瞎炮仗！
武松说：“我不打你，不骂你，我叫你小子碰庙墙。”
武松说罢猛一扔，把小五扔到庙墙上……
只见他一伸腿，一瞪眼，咯喽儿！
鬼门关找他五老娘！①

传统说唱艺术的美学特征体现出多种门类的综合之美。各种艺术元素一旦并入曲艺艺术，便生发出自己崭新的意义，产生新的特质，在保留原有艺术风采的基础上，结合曲艺艺术的美学风格，在融合与贯通中碰撞出瑰丽的艺术意境。

可以看出，网络视频才艺直播将传统曲艺的技巧、篇目拆解挪用，在很大程度上带有传统曲艺表演的影子。然而，在曲艺技艺或是表演者移步网络以后，曲艺艺术为何未能像传统曲艺观赏中那样完整地呈现其审美意趣？这个问题值得研究人员深思与挖掘。究其原因，既有网络平台科技特征导致的浮躁助力，也有欠缺新科技普及前期研究导致的监管不足。在中国文化艺术发展的漫漫长河中，网络媒体存在的时间尚短，随着对行业研究的加强和本质分析的深入，将会去伪存真、拾掇精华，使中华文化艺术最有魅力的元素，呈现在传播能力强大的现代网络视频媒体上。

---

① 薛宝琨．薛宝琨曲艺文选［M］．北京：中国文联出版社，2013：89.

第二节 艺术形式与文本哲思的观照和互文性

当下网络视频才艺直播内容与传播研究遇到的关键问题是：文本内容在不同艺术形式下建立的传播秩序是否一致。当同一个文本分别于传统曲艺演出空间和网络直播平台进行演出时，是否能够展现出同样的艺术魅力，是否能够达到相似的传播效果？这取决于文本内容的细节，还是出于传播渠道的特质不同，亦或是关乎于艺术形式的区别？在研究过程中，还有一些变量需要研究人员进行考量与思索。本章仅以相声和评弹为例，挂一漏万地进行些许探讨，期望能够发挥抛砖引玉之效。

一、相声审美的网络化位移

相声是以喜剧风格和滑稽情趣为标志和特征的曲艺种类，与中国地方性的滑稽戏、谐剧、独角戏有着总体风格上的一致性，属于追求谐趣的喜剧性曲种。中国是拥有悠久喜剧传统的国家，中国观众素有乐观、务实、喜尚滑稽的性格和心理期待。相声艺术源发于民间，成长壮大于百姓观众之中，其艺术观念和审美表达体现着民族性格和民族文化的心理特征。通过俗不伤雅的内容，谐而不虐的风格，咸淡见义的关系，似我非我的表演，与观众建立起默契的审美欣赏联接。

相声有证可考的历史不到二百年。就美学观念而言，其始终处在一种渐变过程中的不自觉状态。相声在产生初期作为撂地摊艺人的糊口手段，靠讲笑话、博彩头赚取收入，撂地摊艺人自称“欢喜虫”，带有以艺行乞的性质，其时的表演者（比如，朱绍文、孙丑子、韩麻子等）多演唱市井“劝世歌”，流传下来的单口相声（比如，《老倭国斗法》《乾隆爷打江南》《假斯文》等）和对口相声（比如，

《保镖》《黄鹤楼》等）都是当时社会生活和喜剧意识的不自觉渗透。虽然技艺手段多元、表现内容丰富，涵盖了不同体裁与题材的笑话，但是审美观念和精神引领意识仍然是被动和不完整的。

相声艺术发展至20世纪20年代前后，撂地摊艺人走进席棚、茶社，出现了剧场的雏形。相声表演开始成为独立的商品文艺行业，出现更为专业的全职相声艺人。在内容层面，相声种类日趋丰富，单口相声已经完全由笑话或者评书中蜕变出来，融入更多社会生活的映射和反馈。对口相声内容日渐饱满，数量陡增，逐渐承载更多的精神导引责任。节奏明快的“字母哏”，说评为主的“一头沉”，富于咏诵韵律的“贯口”，巧用方言表现的“怯口”，戏仿戏曲表演的“柳活”，先后脱颖而出。活跃于京津之间的相声“八德”是这一时期的代表性人物，分别是豫德隆、马德禄、李德钖、焦德海、刘德智、张德泉、周德山、李德祥[①]。

抗日战争胜利以后，相声艺术由于经历了重要的历史和社会变革，在内容创作和精神舆论层面注入了灵魂。相声艺术用谐趣的方式深入浅出、鞭辟入理，将历经突变的世态风霜化作犀利的目光审度现实社会。比如，相声巨匠张寿臣先生，从艺时间历经清代末期、中华民国、北洋军阀混战、日本侵华战争、国民党统治、新中国成立多个时期，他的作品在艺术内容上聪敏地烛照了当时的社会风貌，含蓄而充分地触及了生活本质，在审美格局上进行了意义深广的拓展。

相声艺术对讽刺自觉性和深刻性的坚持极具审美价值。随着时代的发展和观众视野的开拓，相声在沿袭艺术传统的基础上，进行了富有使命感的社会介入，用讽刺艺术反映和干预现实生活，为相声注入了源源不断的生命活力。如今，许多新创作的相声作品过于重视形式上的创造、创新，忽略了相声这一艺术种类特有的讽刺功能。在当前全媒体时代，受众的教育水平较以往有所提高，对文学和艺术的理解

---

① 薛宝琨. 薛宝琨曲艺文选［M］. 北京：中国文联出版社，2013：153.

也更为全面和深化，相声艺术被赋予了更为深广的审美责任。观众不仅要求相声作品在内容上反映现实生活，更要求在精神上有所斩获。观众希望在欣赏解颐的同时，既看到现实生活的映照，又能够在欢笑声中与劣迹告别，从而获得面对新生活的勇气和能量。

在当下的相声领域，明显存在新作品有限、创作人才缺失、后劲不足等问题。有个别相声作者不了解相声文本的讽刺作用，将内容写成一味吹捧赞颂，失去了相声观众期待的幽默反转悬念感，令作品听上去味同嚼蜡。于是，一批传统相声作品出奇制胜，被很多新老相声观众怀念和喜爱。相声艺术进入网络视频直播领域后，出于表演者与观众随时沟通的特性，表演者难以完整呈现相声段落又时刻留意观众反馈。因此，相声这一形式的网络直播大多数以单口相声的模式加以实现。

二、评弹审美的网络实现

评弹有“理、味、趣、细、技”五决。评弹名家陈瑞延曾说：“理者，贯通也。味者，耐思也。趣者，解颐也。细者，典雅也。技者，工夫也。”也有评弹艺术家认为，理指书理，味指书情，趣指风趣，细指语言典雅和描摹的细腻，技指说书的经验。无论哪种解读，都对评弹审美中重要因素的关联进行了梳理，它们显然是相互渗透、互为依存的辩证关系。①

评弹艺术中的“理”，实为情理与信念的辉映。在审美宣达的过程中，评弹表演者并非在灌输干瘪生涩的观点或者概念，而是将细致入微的情义参悟通过人物表述，在饶有情趣的情节中塑造富有感情的血肉。通情方可达理，入情才能入味。正如评弹艺术家杨振雄根据历代评弹艺人演唱的《西厢记》整理出的“杨西厢”，洋洋五十万言，

① 薛宝琨．薛宝琨曲艺文选［M］．北京：中国文联出版社，2013：266.

每日演出，可连续表演数月，其对于理和情的把握深刻而敏锐，以评弹艺术特有的细腻手法和风格，极大地丰富了评弹作品的美学意蕴。

崔莺莺和张生的故事源出于唐代诗人元稹的小说《会真记》。原作情节曲折但思想内涵却并不足取——作者以张生自寓，述其亲历之境，描写了他如何对一个年轻美貌的姑娘始乱终弃的经历，并在书中为自己的做法文过饰非。原作作者用封建社会的价值观为张生辩护，以“天之所命尤物”“不妖其身，必妖于人”的红颜祸水理论对崔莺莺加以批驳。而评弹“杨西厢”的版本则融合了金代董解元《西厢记诸宫调》和元代王实甫的杂剧版本，根据新兴市民阶层的爱好和理念倾向，一改前情，翻腐为新，把同情寄予崔莺莺和张生，以两人相携出走并最终获得美好爱情的团圆结局取代了原作的悲剧。“杨厢记”中的崔莺莺成为忠于爱情的女性代表，张生是一个爱人于真、情近似痴、忠于爱情的正面形象。特别是辅助人物红娘，机敏、热情、正直、泼辣，与封建势力的代表“老夫人”做了坚决的斗争。“杨西厢”在冷酷、虚伪、欺诈的世情构架中，宣扬了《西厢记》的进步主题。

评弹艺术根据受众的欣赏心理和情趣，充分发挥曲艺表演与观众直接互动的特色，积极调动评弹“以噱为宝”的艺术手段和细腻技巧，探幽发微、穷毫细墨，由表及里的发掘作品的幽默意蕴，使趣味性成为情理叙事间的有益添加，用俏皮、曲婉的特质品焙出作品的抒情格调，用喜剧包容并深化作品的深刻主题，用幽默情采和喜剧韵律为评弹作品增添审美意蕴。

如果说理、味、趣三个特性在很多曲艺门类中都有展现，那么评弹艺术追求的含蓄隽永的细腻之美，则是其充满个性的特质表达。评弹不仅具有多层次、多侧面的表现手法，更具有柔腻如脂、纤细如丝、喁喁如耳语、脉脉以传情的婉丽风格。评弹中的情理和趣味，都是通过细腻的艺术表达而曲径通幽，细细道来才能纤毫毕现，娓娓而述才能耐人寻味，优雅如春才可耐人寻味。理达、味浓、趣雅，细致入微，评弹艺术将情节建构在有情的诗意境界中，用至情至理的深入发掘，启发观众对美感的启悟。[①]

大部分传统评弹观众为我国南方地区的成年观众，青年观众数量极为有限。而网络视频直播的主流观众为青少年人群，评弹艺术的吸引力在互联网平台上发挥得较为有限。网络视频直播中审美意趣的高低并非当下网络视频直播浏览人群的主要选择依据。由此，评弹艺术在网络直播中的表现方式与体现，出现年轻观众的解读特征，并未像传统评弹艺术那般进入到网络直播平台中直接呈现。评弹形式的网络直播将会如何走向，对于一部分具有地方性特征的曲艺形式的视频传播将有示例作用。

① 薛宝琨．薛宝琨曲艺文选［M］．北京：中国文联出版社，2013：267.

第七章　曲艺艺术作品评价体系建构——网络视频评判向度初探

具有悠久历史的中华民族说唱表演艺术，在当下多元文化语境下，通过多媒介交互作用的助力传播，发展势头有增无减。但是，由于缺少对曲艺作品科学、系统、精准的评价体系，致使我国当下的曲艺创作、创新、传播等环节都呈现出良莠不分、美丑不辨、鱼龙混杂的审美乱象。由政府主管部门或者社会团体评选出的优秀曲艺作品在文化市场上几乎没有立锥之地，而一些低级娱乐的曲艺作品和网络演出却风靡各地并受到热捧，逐渐形成由资本驱动的狂欢，大有取代主流价值观引领的曲艺创作态势。因此，构建曲艺艺术作品评价体系已是繁荣曲艺创作的头等大事。本章从实际出发，在调查研究的基础上探索构建曲艺作品科学评价体系的方法和路径，并提出网络视频作品科学评价体系的基本标准。

第一节　曲艺艺术作品评价体系构建的必要所在

曲艺艺术历史悠久，传世作品浩如烟海。有史以来艺术学界、业界、传媒、受众对曲艺作品评说纷纭、五花八门，角度多维、褒贬共存，标准不一、良莠难辨。可谓是有评价、缺体系，有支流、缺主体。其中，有专家评价、主流媒体评价、多媒介自由评价、观众评价等，不同层次发出的不同声音形成了一种混声合唱。人们对各类曲艺作品的评价从感性出发阐释一孔之见者居多，理性评判者寥寥无几。脱离艺术作品本体无原则捧场、炒作表演者的情况俯拾皆是，对创作者、表演者抱有偏见故意贬损谩骂的也不在少数，而针对曲艺作品之优劣得失进行评判却极为鲜见，即便偶尔有评论家对某些作品发表真知灼见，大多数也淹没于吵杂的评价声中。构建曲艺艺术评价体系对于坚持以人民为中心的创作导向、引领曲艺欣赏、促进曲艺繁荣发展意义重大，势在必行。

曲艺艺术品类众多、体系庞杂，虽然从总体上说，都是以说唱形式讲故事，但是不同曲种承载内容的方式和体量各不相同。其中，评书评话、鼓曲唱曲、相声滑稽、快板快书等说唱形式以及中长篇、短篇、小段、岔曲等作品，表现生活、讲故事的方式各有侧重，评价标准和尺度也不可能一致。因此，必须采取具体细化、综合构成的体系化研究方式，创建一套科学、系统、规范、标准化、可参照的曲艺艺术作品评价体系。

“有一千个观众就有一千个哈姆雷特”的说法客观地反映了广大受众对艺术作品感悟的不一致性。因此，构建曲艺艺术作品评价体系需要全方位、多维度考量，从实际出发，以审美规律为准则，针对曲艺的精品力作、大众娱乐作品（特殊商品）和群众自娱性作品等不同功能的曲艺作品制定一套行之有效的客观评价标准，用以对曲艺作品评奖、评价、引领曲艺欣赏和消费以及曲艺学学科建设和理论研究借鉴之用。

关于曲艺艺术作品评价体系构建的研究，包括“曲艺艺术作品现状评价”“其他艺术门类评价体系研究成果借鉴与参考”“不同层面的曲艺作品评价标准定位”以及“建构曲艺艺术作品评价体系的路径与愿景”等具体内容。

第二节　曲艺艺术作品评价的现状分析

习近平总书记指出，“衡量一个时代的文艺成就最终要看作品。推动文艺繁荣发展，最根本的是要创作生产出无愧于我们这个伟大民族、伟大时代的优秀作品。没有优秀作品，其他事情搞得再热闹、再花哨，那也只是表面文章”①。

当代曲艺成就不小，但主要成就没有体现在作品上。因此，曲艺

① 习近平在文艺工作座谈会上的讲话［EB/OL］.（2015－10－15）［2020－12－26］. http：//cpc. people. com. cn/n/2015/1015/c64094－27699249. html.

艺术作品评价也显得散乱与微弱。从主流媒体和互联网媒体上可以搜索到几百篇有关曲艺评论的文章，评价曲艺表演者、曲艺现象、曲艺活动的较多，特别是炒作曲艺从业者的网评热闹异常，但几乎找不到客观、准确、深刻评价曲艺作品的文章。这一现象耐人寻味。

一、曲艺创作有数量缺质量

当代曲艺创作在各种评奖、比赛等机制推动下日趋活跃。由中国文学艺术届联合会（以下简称中国文联）和中国曲艺家协会（以下简称中国曲协）共同举办的“中国曲艺牡丹奖”评奖活动自2000年启动至今已举办十一届。如果把作品入围奖计算在内，已经评出获奖作品百余篇（部）；由中华人民共和国文化和旅游部举办的“中国艺术节群星奖”至今已评选出几十篇（部）群众性创作的优秀曲艺作品；由中国曲协开展的“中国精神、中国梦”优秀曲艺作品征集活动定期评选优秀曲艺作品；由中国文联、中国曲协、中共天津市委宣传部、天津市文联等部门共同举办的“南开杯”全国相声新作品大赛自2009年启动至今已产生获奖作品百余篇；由中国曲协、辽宁省曲协、大连西岗区人民政府等部门共同举办的“西岗杯”全国相声新人新作推选活动至今已经举办十届，总计推选出优秀作品二百余篇；由中国曲协、中共安徽省合肥市纪律检查委员会联合举办的“包公杯”反腐倡廉曲艺作品征集活动至今已推选出近二百篇获奖作品。参加中国曲艺节和全国少数民族曲艺节优秀曲艺节目展演的作品数量更是可观。如果把媒体举办的曲艺比赛和地区性、行业性的曲艺作品征集、评选和展演活动计算在内，我国平均每两年评选出来的优秀曲艺作品可达200篇之多，十年就有1000多篇“优秀曲艺作品”问世。遗憾的是，鲜见这些获奖作品的市场公演和社会流传，能够“叫得响、传得开、留得下，为人民群众所喜爱的优秀作品”更属凤毛麟角，可以跟我国建国初期涌现出的那些全国家喻户晓的优秀曲艺作品相媲美的几乎没有。笔者在开展曲艺作品流传情况问卷调查后发现，受访群众选择“喜爱获奖曲艺作品”一项的人数最少，仅占6.6%，而且他们所指的“获奖作品”还包括电视媒体举办的“相声大赛”“小品大赛”和“我最喜爱的春晚节目”中的获奖作品。至于曲艺表演市场的现状就更加复杂。体制内的曲艺演出团体占有市场份额有限，基本上靠公益性演出维持生存；在小剧场（包括书场、茶社）表演的个体职业艺人，需要依赖政府采购式补贴坚持演出中长篇传统书曲；小剧场的经营性曲艺演出基本上以碎片化的模仿搞笑和单纯娱乐为主，很少表演完整作品。因此，从客观实际来看，我国优秀曲艺作品的创作还在路上，曲艺艺术作品评价仍然缺少坐标。

二、曲艺作品评价标准模糊

对曲艺作品的评价，总体上可划分为“官方评价”“专家评价”“主流媒体评价”“人民群众评价”和“网络评价”几种形式。前三种评价互为联系，标准大体一致。后两种评价与“官方”“专家”和“主流媒体”的评价存在很大差异或者基本相左。

“官方”对曲艺作品的评价主要体现在评奖标准制定和评选优秀作品的价值取向上。而专家是参加评奖和在主流媒体上发声的重要群体。因此，专家评价在某种程度上对作品的评价起决定作用，人民群众不掌握艺术评价的主动权。人民群众对曲艺艺术作品的评价只能“发表”于街谈巷议。网络媒体对曲艺艺术作品的评价则是另外一种“打开方式”，基本是网民的个人感受和任性表达，无拘无束也我行我素，有信口开河、“吃瓜”凑热闹的，也有低俗媚俗、大肆炒作的，基本上没有标准。

文艺作品评奖是带有导向性和示范性的引领艺术创作行为，也是对作品进行评判的实际体现。由我国省级以上官方机构评定的曲艺奖项，评奖标准大同小异，摘录几种，略见一斑。

“中国艺术节群星奖”的评奖标准为：(1) 体现社会主义核心价值观的要求，传承和弘扬中华优秀传统文化，体现民族精神和时代精神，聚焦中华民族伟大复兴中国梦；(2) 讲述百姓故事，反映多彩生活；注重民族特色和地方特色，具有浓郁的生活气息；(3) 作品主题鲜明，生动质朴，表演技巧娴熟，表现手法创新，形式丰富多样，富有艺术表现力和感染力；(4) 突出群众文艺特色，坚持源自群众原创，尊重和遵循文艺规律，提倡小投入、小制作，有生活、接地气，有个性、有创意，小作品、大情怀，讴歌真善美，传递正能量，适合基层演出和交流推广；(5) 深入基层开展惠民演出，深受广大人民群众喜爱。

“中国曲艺牡丹奖”章程第二十一条规定：参评作品及演员所演节目，体现社会主义核心价值观体系要求和思想性、艺术性、欣赏性辩证统一的原则，曲种特点鲜明，艺术表现充分，应体现时代精神和创新精神。题材不限，但应以现代、当代为主，传统作品要有较大幅度的改编加工方可参评。

“中国精神、中国梦”优秀曲艺作品征集活动对作品的要求包括：(1) 参评作品要能够反映中国精神、反映社会现实生活，反映人民精神世界，宣传社会主义核心价值观，弘扬中国好人和道德模范的崇高精神，传递真善美、贬斥假恶丑，发挥文艺引领时代风尚、铸造民族灵魂的作用；(2) 参评作品要主题鲜明，内容健康，富有时代气息和时代精神，具有较高的思想性、艺术性、观赏性；(3) 参评作品应为近两年的新作品，且没有在全国曲艺类比赛中获奖，未在全国性电台、电视台和报纸刊物播映发表；(4) 参评作品曲种不限，应具有鲜明的曲艺特色。字数及时长不限，参与者年龄不限。

“南开杯”全国（天津）相声新作品大赛对作品的要求包括：(1) 内容健康向上，思想性、艺术性、观赏性相统一；(2) 题材广泛，具有鲜明的时代感，作品贴近实际、贴近生活、贴近群众；(3) 形式多样，类型不限，单口、对口、群口、相声剧均可；(4) 作者提交的作品无版权纠纷，不得侵犯第三方的著作权、商标权和其他知识产权。

从以上几种有关曲艺艺术作品的评奖要求可以看出，突出“思想性”“时代精神”“核心价值观”都是主要标准，艺术标准和人民群众喜爱的标准次之，不同层次和不同奖级的标准没有区别。评奖标准的总体原则是明确的，但具体标准比较模糊。比如，对参评作品的审美层次、艺术创新体现、人民群众的认可程度以及对作品流传可能性判断等条件基本缺失。在评奖实操过程中，主要靠专家评委的判断与把握确定奖级。

评奖委员会的评委绝大部分是年过半百的专家，他们对作品的评判能力无庸置疑，但他们一般都比较保守，怕担责任。因此，容易把作品的主题和题材作为衡量优劣的主要标准，容易忽略作品的艺术标准和美学标准。专家评委受“主题先行论”和“题材决定论”的影响还没有完全改变，还会潜移默化地左右对艺术作品的客观评价，所以往往出现把艺术质量较差、标语口号较多、从概念出发的作品评定为优秀作品的情况，造成大量获奖作品叫不响、传不开、留不下的实际问题。

三、媒体评价的缺失与偏颇

媒体对文艺作品的评价原本有两个重要作用：一是向社会和民众推介优秀作品；二是引领受众判断和欣赏作品。

在现代传媒条件下，曲艺作品的创作和演出发生了根本性的变化。过去一篇优秀的曲艺作品问世，需要经过创作者（包括表演者）长期与观众交流、碰撞、磨合、修改等一系列过程才能完成。现在的曲艺作品创作都是一次成形，一经上演四海皆知，没有了修改提高的过程。有时候还没等媒体发表对作品的评价，作品已经寿终正寝了。所以，媒体对曲艺艺术作品的评价功能基本处于缺位状态。又因为曲艺是以演员为中心的表演艺术，所以媒体容易把评价的目标集中在演员身上，对作品的优劣、创作得失很少关注。多媒体、自媒体对曲艺的关注更是集中于“大蔓儿”和当红艺人那里，几乎与作品无涉。只有中国曲协主办的《曲艺》和《中国艺术报》坚持发表一些对曲艺艺术作品的评价文章，也仅仅局限于曲艺圈内传播，影响不大。

对于曲艺艺术作品的客观评价，除了“表扬与自我表扬”当然应该包括对某些具有不良创作倾向的作品的评论和批评。但是，由于文艺批评的环境不佳，在主流媒体上几乎无法见到文艺批评类文章的踪迹。因此，存在对于“调侃崇高、扭曲经典、颠覆历史、丑化人民群众和英雄人物”以及“是非不分、善恶不辨、以丑为美、过度渲染社会阴暗面、搜奇猎艳、一味媚俗、低级趣味、胡编乱写、牵强附会”等创作倾向听之任之、放任自流的现象。主流媒体对于进入文艺演出市场的曲艺艺术作品大量存在的去思想化、去价值化、去主流化、庸俗搞笑、低级娱乐等问题也不能批评，或者说是得罪不起。由此造成的好的不香、坏的不臭，鱼龙混杂、良莠不分，甚至劣币驱逐良币的现象，破坏了曲艺艺术的生态环境。

四、大众评价的声音被忽视

马克思指出：“人民历来就是作家‘够资格’和‘不够资格’的唯一判断者。”习近平总书记指出：“社会主义文艺，从本质上讲，就是人民的文艺……以人民为中心，就是要把满足人民精神文化需求作为文艺和文艺工作者的出发点和落脚点，把人民作为文艺表现的主体，把人民作为文艺审美的鉴赏家和评论者，把为人民作为文艺工作者的天职”①。

产生于民间的曲艺艺术，一直是与人民大众血脉相连的艺术。直

① 习近平在文艺工作座谈会上的讲话［EB/OL］.（2015 - 10 - 15）［2020 - 12 - 26］. http：//cpc. people. com. cn/n/2015/1015/c64094 - 27699249. html.

接与观众交流、时刻关注观众的反馈，不断按照人民群众的审美需求调整作品和表演方式，才使曲艺拥有了最为广泛的群众基础和受众最多的观众群体①。曲艺有史以来，涌现出无数优秀作品和表演艺术家。许多老一辈曲艺作家和演员一生都没有得到过奖杯和荣誉证书，但他们获得的褒奖和作品的广泛流传是人民授予他们的最高荣誉。自从登上了“大雅之堂”，曲艺与人民同呼吸、共命运、心连心的优良传统发生了些许变化。“高台教化”式的创作与表演，人为地使曲艺与观众产生了隔阂，无形的“第四堵墙”屏蔽了人民的意见与呼声，头顶各种光环的曲艺作家和艺术家，偶尔也以“送欢笑”“送文化”“种文化”等形式深入基层，但是那种“施恩与民”的姿态、蜻蜓点水式的深入，难以与人民群众产生真正的情感共振和艺术共鸣，也难以听到人民群众对作品的真正意见和反馈。人民群众不能就曲艺作品与曲艺工作者直接沟通，真正“够资格”鉴赏和评论的广大人民群众便没有了发表意见的机会。当大众评价的声音被忽视，“以人民为中心”的创作导向仅仅是一句响彻云霄的口号而已。

习近平总书记指出：“文艺批评是文艺创作的一面镜子，一剂良药，是引导创作、多出精品、提高审美、引领风尚的重要力量。文艺批评要的就是批评，不能都是表扬甚至庸俗吹捧、阿谀奉承，不能套用西方理论来剪裁中国人的审美，更不能用简单的商业标准取代艺术标准，把文艺作品完全等同于普通商品，信奉‘红包厚度等于评论高度’。文艺批评褒贬甄别功能弱化，缺乏战斗力、说服力，不利于文艺健康发展。”②

曲艺理论研究薄弱滞后，对曲艺艺术作品的评价标准模糊，倾听人民群众意见的渠道不畅，造成了我国当代曲艺评价的整体疲软。曲艺评论家蒋慧明就曾指出：“较与曲艺创演活动的丰富与活跃相比，

---

① 薛宝琨．薛宝琨曲艺文选［M］．北京：中国文联出版社，2013：89.

② 习近平在文艺工作座谈会上的讲话［EB/OL］．(2015－10－15)［2020－12－26］．http：//cpc. people. com. cn/n/2015/1015/c64094－27699249. html.

曲艺理论研究则显得既薄弱又滞后，不仅整体的曲艺理论体系尚未真正确立，且在针对实际发生的一些曲艺现象，正在演出的一些曲艺作品以及曲艺演员的评价上，往往缺乏及时有效的引导和价值判断，尚未能起到更好的促进和推动作用。”①

五、其他艺术门类作品评价体系研究成果的借鉴与参考

构建艺术作品的评价体系已经纳入我国各个艺术门类的议事日程。但是，通过百度搜索引擎搜索发现，我国各个艺术领域关于此项工作的开展都处于初始准备阶段，基本没有可供借鉴的范例和成型的研究成果。

戏剧、戏曲作品的评价体系或许有，但找不到“打开方式”，能够查找到的大多数成果是对各种不同表演体系的阐释，与作品评价体系基本无关。

戏曲表演艺术家韩再芬曾指出，“目前，对于一部戏曲作品的评判，往往都是组织专家观看，讨论会上由专家提出看法并给出评论，一部戏的成功与否，就以这些专家的个人喜好与感受来定乾坤，而每年的专家又都是这些不变的面孔（就是有变化也是专家退了其学生替上），始终是这些专家，导致了一贯性的、单一审美取向长期左右着戏曲发展方向，一部专家拍手叫好乐在其中的戏曲作品，往往在评过奖后就刀枪入库、马放南山了，根本与广大观众没有任何关系，这已经是不争事实。更为严重的是，各地戏剧团体为了能获得奖项，在创作的初始阶段就以专家的口味为审美导向，一切为了专家喜欢，走人际关系，搞情感联络，最终获得大奖，也就意味着取得了所谓成功。标准是这些人定的，对戏曲评判的权利也垄断在他们手上，其他人的创新要想冲出他们设定的框框，只有一个字：难！”

---

① 蒋慧明．漫议曲艺评论之“深度”、“速度”及“维度”［J］．曲艺，2015（8）：26－27.

文学作品的评价体系也停留在议论和呼吁阶段。北京作家协会副主席刘庆邦指出："对文学作品而言，有一个权威公证的评价非常重要。以前的情况是作品很多，但评论往往缺乏权威，缺少公信力，这主要是由于以前的评论主要是媒体评论，起作用的更多是金钱，而非学术、艺术和思想。要解决这一问题，就要逐步改变文学作品的评价体系，建立真正的有权威、有公信力的评论和奖励体系。"①

音乐作品的评价体系也是众说纷纭。居其宏指出："'思想性、艺术性、观赏性'以及实现三者的有机统一……将文艺作品的主题旨趣和思想深度、艺术表现的生动性和各种独特艺术形式的魅力呈现水平、观众接受程度及其社会影响这三种维度作为艺术作品评价体系的基石……并为文艺作品评价体系的科学构建奠定了基础性框架。"②居其宏认为："在当代多元化的艺术语境中，企图以'三性统一'作为评价坐标来衡量所有音乐作品的高下优劣，事实上很难做到。即使这样做了，也不易得出切合不同体裁、不同风格和不同审美品格之音乐作品及其独特规律的结论。"③ 他引用恩格斯关于"历史的、美学的标准"的论述，主张从根本上克服道德标准和党派标准的固有局格，并推崇以于润洋提出的"历史分析、美学分析与音乐工艺学的三维结合研究方法"构建当代音乐作品评价体系。

美术作品的评价体系构建仅有思路，未见成果。美术评论家刘晓英认为："美术作品评价体系构建，应该遵循多元化、系统化原则，要实现全方位的评价，不仅仅是评价内容是多元化，还应该考虑评价主体的多元化及评价方式的多元化。还要考虑大众化评价问题，让绝大多数人能正确地欣赏美术作品，从材料、技法、色彩、构图等多个

---

① 刘芳，谢婷. 不赞成定义网络文学 建议改变文学作品评价体系［EB/OL］.（2014－01－24）［2020－12－26］. http：//www. people. com. cn/n/2014/0124/c32306－24220670. html.

② 居其宏. 论音乐作品评价体系的当代建构［J］. 中国音乐学，2015（1）：111－116.

③ 居其宏. 论音乐作品评价体系的当代建构［J］. 中国音乐学，2015（1）：111－116.

层次去评价作品。对于现代化创新画种的评价需要相对的评价标准，从可持续发展的原则出发，明确美术事业的发展方向。”①

电影作品的评价体系研究似乎卓有成效。以往由影评人左右电影作品评价的局面已不复存在，电影产品十分任性地冲进了市场。而目前唯一得到普遍认同的电影评价标准只有票房数据。如何创建新的电影作品评价体系是电影创作者和电影生产者共同关注的课题。殷复莲、王颜颜和柴剑平（2017）提出采用电影院和互联网相关数据建立包含社会、文化、经济领域的三级指标，进行主客观三级赋权，即将主观赋权与客观赋权的多种方法结合确定各级指标权重，同时反映主观计权和客观计权的电影评价方法，以消除单独使用主观赋权法或者客观赋权法时的不合理性，达到客观全面电影评价的效果。② 这种如同绕口令似的学术表达，电影界肯定无言以对，因为基本看不懂。

网络文学的评价体系研究相对具有实质性内容。余泽（2015）认为，“网络空间原本强调兼容、自由与开放主题内涵，网民经过不同文学作品直观阅读和细致感悟过后，能够直接参与到即兴点评活动中，并且绝大多数情况下畅所欲言，甚至不用顾忌任何情面。发展至当前，网民语言讲求简短犀利功效，适合地域各类生活，口语化要素吸纳融合，和以往标准性文学评论结果相对比，灵动和随意性上表现得更为突出，逐渐颠覆传统评价迹象”③。余泽（2015）还指出，“网络文学评价体系规范标准严重缺失……网络文学评价不管是在媒体层面或是参与主体活动控制层面上，都和传统文学评价有着系统性差异，即使说其评价形式独具特色，却不可避免遗留各类局限冲突效应，更加需要得到网络评价主体的全面注重和灵活应对”④。

综上所述，当下我国各个艺术学科均提出了构建艺术作品评价体

① 刘晓英．美术作品评价体系的构建原则［J］．文教资料，2010（33）：82－83.

② 殷复莲，王颜颜，柴剑平．中国电影评奖体系及评价方法研究［J］．现代电影技术，2017（2）：18－23.

③ 余泽．网络文学作品评价体系分析与研究［J］．中国培训，2015（5）：212－213.

④ 余泽．网络文学作品评价体系分析与研究［J］．中国培训，2015（5）：212－213.

系的研究方向，但可以见到的成果都是零散的思考与议论，有评价缺体系，有呼吁缺研究，对于构建曲艺艺术作品评价体系研究可供借鉴和参考的价值甚少。

2014 年，中华人共和国文化部（以下简称文化部）宣布，将组织实施“艺术评论体系构建和引导计划”。文化部强调，要“牢牢把握文艺批评的导向和标准”①，增强问题意识，“对各种不良艺术作品、现象、思潮敢于表明态度”②，“把艺术评论时间前移，使评论与作品论证结合起来”③。

2017 年 7 月，《文化部“十三五”时期艺术创作规划》④（以下简称《规划》）发布。《规划》明确了“到 2020 年，艺术评价体系更加完善”的发展目标。《规划》提出“聚焦中国梦的时代主题，培育和弘扬社会主义核心价值观，唱响爱国主义主旋律，传承和弘扬中华优秀传统文化，讲好中国故事，传播中国声音，塑造中国形象，弘扬中国精神，凝聚中国力量”的创作主题；提出“到 2020 年，艺术生产机制更加健全，艺术创作更加繁荣，艺术评价体系更加完善，艺术人才队伍更加壮大，优秀文艺作品不断涌现，人民群众精神文化生活不断迈上新台阶”的发展目标；明确“重点扶持现实题材、爱国主义题材、重大革命和历史题材、青少年题材、军事题材创作生产”；提出将“完善评价激励机制”作为重点任务之一，“建立健全科学合理的文艺作品评价体系，把遵循社会主义先进文化前进方向和人民满意作为最高标准，把群众评价、专家评价和市场检验统一起来。充分发挥文艺评奖的导向激励作用，进一步改革和完善评奖机制。建立获

① 雒树刚．牢牢把握社会主义文艺的方向［EB/OL］．（2015－08－31）［2020－12－26］．http：//opinion. people. com. cn/n/2015/0831/c1003－27535817. html.

② 雒树刚．牢牢把握社会主义文艺的方向［EB/OL］．（2015－08－31）［2020－12－26］．http：//opinion. people. com. cn/n/2015/0831/c1003－27535817. html.

③ 精简奖项并不意味削弱艺术评价［EB/OL］．（2015－04－26）［2020－12－26］．http：//politics. people. com. cn/n/2015/0429/c70731－26927480. html.

④ 文化部“十三五”时期艺术创作规划全文［EB/OL］．（2017－07－18）［2020－12－26］．http：//www. huaxia. com/zhwh/whxx/2017/07/5399063. html.

奖作品跟踪考核机制，推动获奖作品面向公众多演出，加强文艺理论和评论工作，运用历史的、人民的、艺术的、美学的观点评判和鉴赏文艺作品，褒优贬劣、激浊扬清，更加有效地引导创作、推出精品、提高审美、引领风尚。”

第三节　曲艺艺术作品评价标准的定位方法

对于不同层次、不同用途的曲艺作品，不应该以同一种标准进行评价。比如，对于参评曲艺最高奖的作品和用以常态化商业性演出的作品就不能一概而论，对于参加主流媒体或者国家级大型演出活动的曲艺作品与群众性自娱自乐的曲艺作品也不可以用同一种标准衡量。以此类推，对各种不同格局、不同质量的曲艺作品，只能从实际出发，有针对性地进行客观评价，区分曲艺作品的基本属性，确定比较科学的评价标准和方法，便于对症下药，标本兼治。

曲艺艺术作品评价标准定位的依据是：以习近平总书记系列重要讲话精神，特别是习近平在文艺工作座谈会上的讲话和在中国文联第十次代表大会开幕式上的讲话精神为指导，从曲艺创作的实际出发，以科学、规范、具体、实用为原则，为曲艺艺术作品评价提供可操作性模式。

为了更加科学、准确、系统地评价曲艺艺术作品，我们有必要按照“最高标准”“较高标准”“一般标准”“较低标准”和“最低标准”五个档位确定对不同曲艺作品进行客观评价的具体标准。评价标准确定后，针对不同层次的曲艺作品，分别按照 A、B、C、D、E、F、G 七个级别评判曲艺作品的优劣级别。其中，A 级为经典作品，B 级为优秀作品，C 级为较好作品，D 级为一般作品，E 级为较差作品，F 级为低俗作品，G 级为恶劣作品。这七个级别分别对位和适用五个不同档位的评价标准：A 级对位于最高标准，B 级和 C 级对位于较高标准，D 级对位于一般标准，E 级对位于较低标准，F 级和 G 级对位于最低标准。当然，所谓的评价标准定位，只是一种大框架的参照体系，不是绝对标准，可以灵活运用。

一、最高标准：对经典曲艺艺术作品的评价

“经典通过主题内蕴、人物塑造、情感建构、意境营造、语言修辞等，容纳了深刻流动的心灵世界和鲜活丰满的本真生命，包含了历史、文化、人性的内涵，具有思想的穿透力、审美的洞察力、形式的创造力，因此才能成为不会过时的作品。”① 经典作品就是精品力作，属于不常见的可传世之作。人们经常说的“涌现出大批精品力作”，实际上是不可能的。“运用历史的、人民的、艺术的、美学的观点评判和鉴赏作品”②，只有经得起“最高标准”衡量的曲艺艺术作品，才可以称为经典作品。

二、较高标准：对优秀作品的评价

思想性、艺术性和主流文化价值观有机统一，“只要有正能量、有感染力，能够温润心灵、启迪心智，传得开、留得下，为人民群众所喜爱，这就是优秀作品”③。值得注意的是，在中国文学艺术界联合会第十次全国代表大会、中国作家协会第九次全国代表大会开幕式以后，“叫得响”一词被补充到“传得开、留得下”之前，成为文艺精品的评价标准。优秀曲艺作品属于用“较高标准”衡量的作品，

---

① 习近平：在中国文联十大、中国作协九大开幕式上的讲话［EB/OL］.（2016 - 11 - 30）［2020 - 12 - 26］. http：//www. xinhuanet. com//politics/2016 - 11/30/c _ 1120025319 _ 2. htm.

② 习近平在文艺工作座谈会上的讲话［EB/OL］.（2015 - 10 - 15）［2020 - 12 - 26］. http：//cpc. people. com. cn/n/2015/1015/c64094 - 27699249 - 2. html.

③ 习近平在文艺工作座谈会上的讲话［EB/OL］.（2015 - 10 - 15）［2020 - 12 - 26］. http：//cpc. people. com. cn/n/2015/1015/c64094 - 27699249. html.

适用于我国全国范围内比较常见的曲艺艺术作品。

三、一般标准：对较好作品的评价

较好作品属于有筋骨、有道德、有温度或者内容向善向上，形式新颖，故事生动、语言鲜活、具有创新意识，或者寓教于乐，观众喜闻乐见的作品。较好作品不一定十全十美，只要是原创作品，在内容、形式或者技巧某一方面比较突出，就可以算得上较好作品，适于以一般标准进行评价。

四、较低标准

那些从概念出发，带有明显宣传色彩，或者描写小情趣、宣达小情调、描写一己悲欢、杯水风波、脱离大众、脱离现实，或者卖弄技巧、单纯搞笑的娱乐性作品，可视为一般作品，适用于较低标准进行评价。此类作品在基层曲艺活动和商业性演出中比较常见。

五、最低标准

那些胡编乱写、粗制乱造、牵强附会，搜奇猎艳、一味媚俗、低级趣味、是非不分、善恶不辨、以丑为美、过渡渲染社会阴暗面，调侃崇高、扭曲经典、颠覆历史、丑化人民群众和英雄人物等属于文化垃圾的曲艺作品，适用于曲艺艺术评价的最低标准。对于此类作品需要进行严肃批评和坚决抵制。

第四节　评价曲艺艺术作品的尺度和态度

对曲艺作品进行评价的目的在于引导创作、多出精品、提高审美、引领风尚，同时也要褒优贬劣、激浊扬清，对于各种不良创作倾向、思潮和低俗作品进行批评，实事求是地提出问题所在，避免让那些垃圾作品在曲艺市场上大行其道，造成“劣币驱逐良币”的现象。因此，需要遵循马克思主义文艺观，以习近平新时代中国特色社会主义思想，特别是关于繁荣社会主义文艺的系列重要讲话为指导，正确把握文艺批评和作品评价的尺度，积极开展对曲艺作品的评论、评价。

一、对于经典曲艺作品和优秀曲艺作品的评价，应该把握最高标准

经典曲艺作品和优秀曲艺作品不能以一般的尺度衡量，避免造成良莠不分。关于“运用历史的、人民的、艺术的、美学的观点评判和鉴赏作品”，是习近平对马克思主义文艺观的发展和完善，丰富了马克思主义文艺批评标准的内涵和意蕴，也是将马克思主义中国化、时代化的一种新表述。

恩格斯在评论歌德的时候说：“我们绝不是从道德的、党派的观点来责备歌德，而是从美学和历史的观点来责备他。”马克思在批评拉萨尔的历史剧《济金根》时指出，拉萨尔最大缺点就是“席勒式地把个人变成时代精神的单纯的传声筒”。马克思和恩格斯认为，“我们不应该为了观念的东西而忘掉现实主义的东西，为了席勒而忘记莎士比亚”。恩格斯在《致斐迪南·拉萨尔》的信中说：“我是从美学观点和史学观点，以非常高的亦即最高的标准来衡量您的作品”。

习近平总书记根据中国特色社会主义文艺的本质和发展目标，在“历史的、美学的”观点基础上，增加了“人民的、艺术的”标准，这样就使文艺评价更加准确与完善。

运用“历史的、人民的、艺术的、美学的”观点评判和鉴赏作品，包括对是否构成经典作品的思想性、艺术性、观赏性等多种价值考量。

一是作品体现出的思想价值观念和时代精神，也是对作品主题意义的衡量。“对文艺来讲，思想和价值观念是灵魂，一切表现形式都是表达一定思想和价值观念的载体，离开了一定思想和价值观念，再丰富多样的表现形式也是苍白无力的。文艺的性质决定了它必须以反映时代精神为神圣使命”①。具体说来，就是分辨作品的主题立意、思想观念、时代感和价值取向等方面是否鲜明正确。对经典作品的认定和评判要避免单纯以政治的、道德的和功利主义的标准进行片面的评价。

二是对作品反映出的历史观和人民性的评判。以历史的观点评价作品，不单纯指作品中反映的历史事件和历史人物是否真实，而是要以历史唯物主义的观点和科学眼光，正确把握历史发展的客观规律，判断作品是否符合“人民创造历史”的唯物史观，从艺术真实的角度反映了历史发展的大趋势。肆意美化封建王朝、无端夸大帝王将相的历史作用，都是违背历史发展规律的。习近平指出，“戏弄历史的作品，不仅是对历史的不尊重，而且是对自己创作的不尊重”②。坚持以人民为主体的创作导向，也是评价经典曲艺作品和优秀曲艺作品的重要标准。人民性是社会主义文艺的本质属性。习近平指出，“人民的需要是文艺存在的根本价值所在，能不能搞出优秀作品，最根本的决定于是否能为人民抒写、为人民抒情、为人民抒怀。一切轰动当时、传之后世的文艺作品，反映的都是时代的要求和人民的心声”③。评价曲艺作品的人民性可以从以下三个方面着手：（1）分析作品本身是否反映了人民的生活和理想；（2）分析作品是否符合人民的意愿和审美情趣；（3）分析作品是否能够为人民喜闻乐见，人民的满

---

① 习近平：在中国文联十大、中国作协九大开幕式上的讲话［EB/OL］.（2016－11－30）［2020－12－26］. http：//www. xinhuanet. com/politics/2016－11/30/c_1120025319. htm.

② 习近平：在中国文联十大、中国作协九大开幕式上的讲话［EB/OL］.（2016－11－30）［2020－12－26］. http：//www. xinhuanet. com/politics/2016－11/30/c_1120025319. htm.

③ 习近平在文艺工作座谈会上的讲话［EB/OL］.（2015－10－15）［2020－12－26］. http：//cpc. people. com. cn/n/2015/1015/c64094－27699249－2. html.

意度是评价曲艺作品的重要标准。

三是对作品美学价值和艺术性的评价。经典曲艺作品和优秀曲艺作品要能够反映生活的本质，提炼生活蕴含的真善美，从而给人以审美享受、思想启迪和心灵震撼。一部好的作品不在于值多少钱、卖多少钱，那些只是价格，不是衡量审美价值的标准。“追求真善美是文艺的永恒价值。艺术的最高境界就是让人动心，让人们的灵魂经受洗礼，让人们发现自然的美、生活的美、心灵的美”①。美学的标准也就是文艺理论界常说的真善美标准。真是客观标准，从生活出发，源于生活还要高于生活，达到艺术的真实，与其相对应的是虚假，虚假的东西是不可信的；善是道德的标准，也是人性的基本底线，与其相对应的是恶，惩恶扬善是艺术创作必须遵循的正道，也是艺术工作者的责任；美是真和善的终极体现，任何艺术作品如果只能给人以感官刺激，而不能给接受者提供美的享受，就不可能达到美学标准。

艺术作品本身的感染力、穿透力和震撼力才是审美价值的具体体现。而艺术标准包含在美学标准中，包括艺术形式的运用、艺术风格的体现、情节结构的完整和巧妙、语言表达的生动准确精彩等。值得注意的是，与形式不能大于内容一样，内容也不能脱离形式而单独存在。在对具体作品进行评价时，不能只看内容而忽略了形式表现力和艺术感染力，缺少艺术感染力的作品，无论主题多么重要、题材多么重大、说理多么深刻，都算不上好作品。经典曲艺作品和优秀曲艺作品的艺术性要体现在作品的感染力和打动人心上。“感人心处莫大于情”，好作品要寓理于情、情理交融，才能在人民中间长久流传，受到世界人民的接受和喜爱。

四是对塑造典型人物的评价。曲艺作品最根本的特征是讲好故事，尤其是中长篇曲艺作品，如果叙述的故事不精彩，作品就难以流传。但是，讲故事只是手段而不是目的，目的是通过讲故事塑造和刻

---

①　习近平在文艺工作座谈会上的讲话［EB/OL］.（2015－10－15）［2020－12－26］. http：//cpc. people. com. cn/n/2015/1015/c64094－27699249－2. html.

画典型人物。“典型人物所达到的高度，就是文艺作品的高度，也是时代的艺术高度”①。从曲艺作品的艺术水平和审美价值来衡量，以上几个要素的重要性从低到高排列依次是：故事精彩，人物鲜活，人物具有典型性，典型性格突出，揭示出典型人物丰富的内心世界。这几个要素相互依存、互为作用，缺一不可。

五是对作品创新性的评价标准。经典曲艺作品和优秀曲艺作品必须是原创作品，而且作品的创新特征比较突出。习近平指出，“创新是文艺的生命。要把创新精神贯穿文艺创作的全过程，大胆探索，锐意进取，在提高原创力上下功夫，在拓展题材、内容、形式、手法上下功夫，推动观念和手段相结合、内容和形式相融合，各种艺术要素和技术要素相辉映，让作品更加精彩纷呈、引人入胜”②。曲艺作品的创新要在继承说唱艺术优秀基因的基础上实现创造性转化，创新性发展。由于传统曲艺作品数量巨大，流传久远，在新作品创作上借鉴传统艺术的某些手法和技巧似乎不可避免，但是不可以模仿与照搬，更不可以“捋叶子”把传统作品或者别人作品的部分内容改头换面用在自己的作品里。即便没有模仿抄袭，似曾相识也不符合经典作品和优秀作品的标准。

六是对曲艺音乐的评价标准应主要围绕曲艺音乐创新能力进行评价。曲艺音乐就是说唱音乐，说唱音乐在曲艺作品中属于内容的构成部分。《中国曲艺志》统计数据显示，截至 1985 年，我国共有曲艺品种 704 个。其中，含有音乐的曲种大约有 600 种（含少数民族说唱 169 种），表现形式可分为“演唱类”（即以唱为主的鼓曲唱曲等）、“说唱类”（即半说半唱的评弹、评鼓书等）和“走唱类”（即载歌载舞叙述故事的二人转、车灯等）。曲艺音乐大致分为“曲联体”

① 习近平：在中国文联十大、中国作协九大开幕式上的讲话［EB/OL］.（2016 - 11 - 30）［2020 - 12 - 26］. http：//www. xinhuanet. com//politics/2016 - 11/30/c_1120025319_2. htm.

② 习近平：在中国文联十大、中国作协九大开幕式上的讲话［EB/OL］.（2016 - 11 - 30）［2020 - 12 - 26］. http：//www. xinhuanet. com//politics/2016 - 11/30/c_1120025319_2. htm.

“板腔体”和“曲联与板腔混合体”三大类。在曲艺音乐创作上，分为“作曲”“编曲”和“唱腔设计”。在说唱艺术长期传播过程中，说唱音乐发挥了重要作用，甚至可以说，如果没有“曲”的成分，就没有“曲艺”这个名称。研究曲艺艺术作品评价体系构建时，之所以要把对曲艺音乐评价列入其中，是因为当下带有音乐的曲艺品种面临着生存危机，需要引起足够的重视。评价带有音乐的经典曲艺作品和优秀曲艺作品，可以忽略“装腔”的作品，即用老腔老调装新词的作品，评价重点在于曲艺的作曲和创新程度较大的编曲作品。要以时代音乐特征和民族音乐创新为衡量标准，评价曲艺音乐语言与唱词是否完美结合，唱腔与伴奏音乐是否协调统一，在保留本曲种艺术特征的前提下是否能够受到青少年观众的欢迎。要借鉴美国说唱音乐红遍全球的成功经验，鼓励曲艺音乐者大胆实践、努力创新，探索发展民族化的“中国说唱”样式，为中国带有音乐的曲种插上腾飞的翅膀。

七是对可流传性的判断。艺术作品的审美价值是在传播过程中实现的，不能广泛流传的作品，其审美价值就无从谈起。大凡经典和优秀的曲艺作品都应该通俗易懂、俗中见雅、雅俗共赏。宁舍庙堂之高，不舍江湖之远。要大众化，不要小众化。当然，大众化并非指的是没有文采、没有诗意和粗俗表达，而是指受众意义上的争取得到大多数人民群众的喜爱。小众化的作品很难或者不可能叫得响，叫不响则传不开，传不开则留不住，留不住的曲艺作品就不能够称为优秀作品。对于艺术作品而言，“叫得响”是指传播的轰动效应；“传得开”是空间概念，就是在较大范围内广为流传；“留得住”是时间概念，是指作品在较长时间里具有一定的影响力。曲艺由于方言特色的独特性，某些曲种难以具有在本区域之外广泛流传的可能性，只要在本曲种能够覆盖的一定范围内广为流传，也可以算作“传得开”。经典曲艺作品和优秀曲艺作品至少要流传 30 年，短时间流传或者昙花一现的作品称不上优秀作品。

运用以上七条标准衡量和评价经典曲艺作品和优秀曲艺作品，应该把握一定的伸缩性，但不可以缺项，缺少了任何一项，都不能称为经典曲艺作品或者优秀曲艺作品。

二、对较好的曲艺作品应该把握较高标准进行评价

较好的曲艺作品应该是既能在思想上、艺术上取得成功，又能在市场上受到欢迎。创作水准能够达到上述七条评价标准中的三条以上，就算较好的曲艺作品。原创作品应该在思想性、艺术性和价值取向上达到一定水平，才可以认定为较好作品。对于改编传统和根据其他文学艺术作品改编的曲艺作品，应该在原作品基础上有较大改动和提高，才能认定为较好作品，否则属于一般作品。

曲艺界一直流传这样一句“行话”：“一遍拆洗一遍新。”意思是曲艺作品在与观众的交流碰撞中，不断进行加工、完善和提高，从而获得作品质量的提升。有些较好的作品在一度创作的基础上，经过加工提高也会成为优秀作品或者经典作品。因此，从发展的眼光看待和评价作品，引导作品不断提高层次也是十分必要的。

三、对于一般作品，适用于以一般标准进行评价

一般作品是指那些缺少新意、不够品位或者从概念出发，用讲大道理、贴标签、喊口号等低级手法掩盖作品思想性和艺术性不足的作品。此类作品没有原则性错误，但对观众缺乏吸引力和感染力，机械地运用曲艺表现形式宣传某种观念或者政策，或是按照某些政治命题创作的宣传大好形势的作品，在某些场合可以演出，但难以进入演出市场，更不具备广泛流传的可能性。对此类作品需要正确引导，要求作者按照艺术规律进行曲艺创作。

四、对于较差作品适用以较低标准进行衡量和评价

较差作品是指在演出市场中常见的娱乐性作品。此类作品或者内

容贫乏、思想苍白，或者鸡零狗碎、拼凑模仿，或者单纯卖弄技巧、哗众取宠。对此类作品不能简单地以演出效果和唯市场化标准进行衡量，应指出问题与不足，敦促作者端正创作态度并对作品进行修改提高。同时，也要通过评价与评论引导观众正确看待“一笑遮百丑”的所谓剧场效果，大力宣导广大观众追求曲艺的高水准和美的享受。

五、对于低俗和恶劣作品只适合以最低标准进行评价和批评

低俗曲艺作品是那些价值观扭曲，宣扬拜金主义和极端利己主义以及美化土匪、妓女、社会邪恶势力等内容的作品。其中，包括曾经被淘汰了的、如今打着继承传统的旗号死灰复燃的宣传封建礼教、色情、迷信和伤风败俗等内容的传统曲艺作品。对此类流传于世的低俗作品要进行尖锐地批评，“不让廉价的笑声、无底线的娱乐、无节操的垃圾淹没我们的生活”[①]。而对极少数在内容上突破了政治底线（比如，恶意攻击党的领导、否定社会主义制度、丑化人民群众和英雄人物等带有明显政治倾向）的曲艺作品，要旗帜鲜明地进行批判和驳斥。

对于低俗和恶劣的曲艺作品，无论其艺术上有什么特点，都不能容忍其招摇过市毒化人民群众。

第五节　建构曲艺艺术作品评价体系的路径与愿景

《中共中央关于繁荣发展社会主义文艺的意见》明确提出“建立健全反映文艺作品质量的综合评价体系”[②]。这个综合评价体系建立

---

① 习近平：在中国文联十大、中国作协九大开幕式上的讲话［EB/OL］.（2016 - 11 - 30）［2020 - 12 - 26］. http：//www. xinhuanet. com//politics/2016 - 11/30/c_1120025319_2. htm.

② 中共中央关于繁荣发展社会主义文艺的意见［EB/OL］.（2015 - 10 - 19）［2020 - 12 - 26］. http：//www. gov. cn/xinwen/2015 - 10/19/content_2950086. htm.

的路径尚不得而知，但一定是在各个艺术门类根据各自艺术规律分别创建了各自艺术评价体系的基础上才能够建立健全。

建构曲艺艺术作品评价体系是一个系统工程，必须以科学的态度、务实的精神和正确的方法扎实有效地开展工作。“人民评价”“专家评价”和“市场检验”是不可或缺的三个要素。这三种对曲艺作品的评价和检验方式是相互联系、互为作用、有机统一的运行机制。如何改变人民评价虚无缥缈、似有似无、没有发挥实际作用，专家评价居高临下、自说自语、避重就轻、没有起到真正指导创作引领风尚的作用，市场检验无据可依、无章可循的现状，是构建曲艺艺术作品评价体系必须破解的难题。

一、高度重视人民群众的评价

既然从根本上说，文艺是属于人民的，人民是文艺作品的鉴赏家和评论家，就要把人民喜欢不喜欢、满意不满意作为评价艺术作品的重要依据。曲艺原本就是植根人民的大众艺术，必须倾听“衣食父母”的评价和意见。如何把亿万民众对各种曲艺艺术作品的评价收集、梳理并进行条理化归纳，是一个比较复杂又很难操作的问题，可从以下方面着手。

首先，要积极引导喜爱曲艺艺术的人民群众广泛参与对曲艺作品的评价和评论，让他们的意见有渠道发表和传递。其次，要使人民群众对曲艺作品的评价受到应有的重视，不能把人民群众对曲艺作品的评价滞留在街谈巷议层面。笔者就具体操作性问题提出以下建议：(1) 充分发挥互联网作用，有目的、有计划的组织网民针对某些曲艺作品和曲艺创作倾向展开充分讨论，经常性地把网民有价值的意见综合起来公布于世；(2) 结合一定规模的曲艺评奖活动，发动群众通过网络平台、微博和微信等渠道，充分发表对参评作品的评价意见，并把群众的意见归纳整理出来，供评奖委员会参考；(3) 利用主流媒体开展对曲艺艺术作品的讨论与评论；（4）在全国范围内聘请若干曲艺评论员，广泛听取他们的意见。通过上述有效手段广开言路，才能使人民群众对曲艺艺术作品的评价真正纳入到曲艺艺术作品评价体系之中。

二、充分发挥专家评价的作用

不管人们对“专家评价”存在多少非议，建立健全曲艺作品评价体系，业内专家的轴心作用还是无可替代的。所谓专家就是学有所长的专门家，他们具有深厚的理论功底和专业素养，能够站位高远的审视问题和阐发学术观点，是开展文艺评价的主要力量。问题的关键是如何发挥好专家评价的重要作用，如何改变当下专家单兵作战、各抒己见，说好话、“抬轿子”容易，一旦对某一作品提出批评，动辄被围攻、谩骂、网络群殴，引来“吃瓜群众”的围观和讥笑的不正常情况。不是专家不想说真话，而是因为腰杆子不硬所以不敢说真话。充分发挥专家评价的作用，可以从以下方面着手。

首先，要树立专家评价的权威性。加强曲艺评论队伍建设，组织一批有真才学、高品位、敢作为、有担当的专家评论群体，由他们集体承担曲艺作品评价任务。充分发挥人民团体和文艺批评引领文艺创作的作用，充分运用我们党在长期领导文艺工作中摸索出的成功经验。

有些文艺界的群团组织形成了衙门化作风，与本行业内的从业者产生了一定的隔阂，致使“桥梁纽带作用”打了折扣，出现了“断桥”和“断带”现象。而文艺学术队伍开展学术研究和文艺评论工作脱离文艺实际的现象又比较突出，所以在文艺评论和批评中没有发挥应有的作用。苏联发挥文艺批评家引领文艺创作的做法值得我们文艺工作者研究借鉴：对于某些文艺作品，不是由政党和政府去评价，而是由德高望重的文艺理论家和批评家出面表态，他们认为优秀的作品，各主流媒体便大肆宣传和提供阵地，他们评价不高的作品，就没有市场。当然，苏联文艺批评家绝对权威作用的极致发挥也对他们文艺政策的贯彻产生了许多负面影响。我们党一贯重视文艺理论和评论工作，培养了一批又一批文艺理论、评论人才，全国曲艺战线也不乏一些坚持文艺方向、坚守艺术理想、懂曲艺、爱曲艺的理论、评论人才。如何结合曲艺理论和评论的实际情况，制定有效措施，使这些散在于各个地区、各个部门的专家学者在曲艺作品评价和艺术评奖等方面形成合力、发挥更大作用，是文化艺术相关部门需要切实加强的一项工作。

其次，要加强和改进专家评价的科学性。专家评价艺术作品不能单凭自己的主观判断，必须深入实际、理论与实践相结合，在充分开展调查研究掌握第一手材料的前提下发表意见，这样才能够把人民的评价和业界的意见综合起来，使专家对曲艺作品的评价更加切合实际，更具权威性和公信力。

最后，要组织专家参与网络评价。现代传媒正在从根本上改变人们的生活，同时也在改变着文艺生态。曲艺理论家、评论家要放下身段，积极参加网络媒体和多媒体的曲艺艺术作品评价之中，以正能量和主流价值观引领多媒介的权威语境。

三、把市场检验的结果纳入评价体系之中

优秀曲艺作品要经得住人民的评价和专家的评价，还要经得起市场的检验。如何把专家对曲艺作品的评价前移到作品论证过程中，把曲艺作品评奖后移到经过市场检验之后，是科学评价曲艺作品的合理运行方法。以往开展曲艺艺术作品评奖都是在一度创作完成后、进入演出市场前进行的，这样不利于准确判断作品的实际水平和可流传性。如果把评奖工作后移到作品经过人民检验和市场检验之后，利用大数据和专家深入基层调研获得统计数据以及实际感受，会使曲艺评

奖和作品评价更加科学、准确，同时也会避免获奖作品不受观众欢迎的问题发生。

建构曲艺艺术作品评价体系是保证曲艺健康发展和促进曲艺创作繁荣的百年大计，不会一蹴而就，也不可能是一朝一夕即可完成的学术工程，需要有组织、有计划、有步骤地开展工作。

首先，要厘清思路。明确构建曲艺艺术作品评价体系都包括哪些内容？采用什么方法？需要哪些步骤？其次，根据不同曲种的艺术特征和创作规律组织专家分别研究制定评价标准。

对一些评价难度比较大的曲种，需要组成专家团队进行专题研究。比如，相声滑稽类具有讽刺功能的作品，如何进行特殊评价。一般说来，讽刺与幽默具有一定的伤害性。如何把握讽刺的指向、讽刺的分寸、讽刺的社会功能，以何种标准对这类作品进行评价？怎样才能做到让人们在欣赏幽默作品的过程中，看到人性的弱点、看到脸上的灰尘、在笑声中与自己的昨天告别以及提高相声滑稽类作品的文学性和幽默级别，都是建构此类作品评价体系过程中需要研究的实际问题。

对评书、评话、评弹等中长篇作品的评价标准也需要专题研究，客观分析过去创作中长篇说唱作品依赖的“书道子、梁子、坨子、扣子、噱头、开脸、赞赋”等套路对此类作品造成的类型化问题，大力提倡创造创新，让传统的说唱艺术与时代相适应、与现代社会相融合。

对网络说唱形式的艺术作品以何种标准进行评价，也需要认真研究。时代的发展、科技的进步、互联网的迭代升级、新一代曲艺观众的成长，都使曲艺的创作和传播发生了全方位的深刻变化，迅速爆红的网络说唱受到了广大青少年的热捧。如何评价和以何种标准评价网络说唱，是摆在曲艺评论界的重要课题，需要进行专门的研究。

对于濒临失传，正处在保护和抢救状态下的曲艺艺术作品如何评价，使用何种标准评价，不仅是艺术问题，也涉及文艺传承问题，需要特事特办，确定既有利于保护传统，又有利于此类曲艺作品活态传承的特殊评价标准。

对鼓曲唱曲类作品的艺术创新问题以及少数民族说唱艺术的传承发展问题，也要列入曲艺艺术作品评价体系构建范畴内进行必要的研讨和论证。

总之，文艺界亟待根据不同曲种的艺术作品评价标准和部分曲艺样式作品创作的独特性，采取一般情况与特殊情况相结合的方法，设计出一套完整的、科学的，能够反映曲艺作品质量的综合评价体系。

曲艺作品综合评价体系，应该是相对规范、条理清晰，使曲艺艺术作品的内容形式、主题思想、情节结构、人物塑造、语言表达和创新意识等方方面面可以对照考量的具体标准构成的可应用模式，用以对曲艺艺术作品的评价、评论、评奖和开展学术研究的参照系统。有了对曲艺艺术作品质量综合评价的参照体系，曲艺创作者可以进一步明确作品创作和艺术追求的方向；曲艺表演者可以合理选择适合自己表演的优秀作品；曲艺评论家可以针对不同曲艺作品的特殊性有的放矢地进行作品评判和研究；广大曲艺爱好者和曲艺观众可以提高审美趣味和格调，成为有品位、有追求的曲艺鉴赏者和评论家。更加重要的是，曲艺艺术作品质量综合评价体系的创立，如同开辟出一条康壮大道，助力中国曲艺艺术早日跨越高原、攀上高峰。

附件Ⅰ 喜剧中的人文情怀
——电影《毛驴县令之酸儿辣女》创作浅谈

喜剧有多种风格样式。比如，滑稽喜剧、讽刺喜剧、荒诞喜剧、幽默喜剧、哲理喜剧、悲喜剧、黑色幽默喜剧等。按照亚里士多德的戏剧理论和西方喜剧表现手法，喜剧或者是表现智商低于普通人的角色的可笑性，或者是讽刺和批判虚伪贵族的丑恶行径，让人们在笑声中与人性的弱点告别。

东方的喜剧美学比较独特。在中国传统的戏曲作品中，恶人、奸臣都由净角行当扮演。这类角色大都是道貌岸然，很少有搞笑功能。而中国传统戏曲作品中的丑角大多数是剧情中的小人物，他们丑而不恶，滑稽中包含善良朴实的一面，亦或在可笑的外在表现之下存在真善美的可贵情怀，从而创立了一种独特的丑角艺术之美。

中国的喜剧电影创作兴起于20世纪60年代，反映现实题材的喜剧影片仅仅是含有喜剧因素的作品，不以可笑为出发点，因此人们称这类喜剧为轻喜剧。中国近二十年生产的喜剧电影模仿西方喜剧样式的倾向显而易见，有些叫座又叫好的喜剧影片甚至属于“克隆”产物，并且大多数喜剧以闹剧为主。这些影片虽然搞笑，却缺少情怀，有意思却没意义，有些影片甚至把喜剧这类“笑的艺术”制作成了“可笑的艺术”。

2016年，笔者接受中央电视台电影频道的委托，参与了一部系列古装喜剧电影的创作。在总编剧规定的故事框架内，笔者创作了一部尝试性的喜剧电影文学剧本《毛驴县令之酸儿辣女》（以下简称

《酸》剧）。

《酸》剧的男主人公是新上任的清河县县令伍四六（丑角），女主人公是皇上赐婚刚刚嫁给伍四六的老女人麻翠姑（彩旦）。《酸》剧中的这两个人物有着天然的性格矛盾，并以流浪儿童倪立秋和柳叶儿偷走伍知县的毛驴卖到汤锅展开矛盾冲突。

《酸》剧中，伍知县使用计谋引出了另外两名流浪儿童（三脚猫和二胖子）拿着驴笼头到县衙领赏并将他们抓获。麻翠姑顺藤摸瓜帮助伍四六找到了他的“神驴”。伍知县在审问孩子们时，意外得知在他管辖的清河县有一伙教唆少年儿童犯罪的恶势力团伙。为了保护流浪儿童，伍知县把倪立秋等四名“小叫花子”带回自己家中。这引起了麻翠姑的强烈不满。伍知县不顾麻翠姑的反对，用真情感化了这几名无家可归的孩子，并铲除了一伙拐卖儿童、教唆儿童犯罪的恶势力团伙。

全剧矛盾冲突环环相扣，情节故事跌宕起伏，从主角到配角都具有鲜明的喜剧性格，可以说喜剧效果爆棚。但是，笔者认为，优秀的喜剧作品不仅仅能够引人发笑，还应该让人们在笑声中有所触动。笔者在《酸》剧创作过程中，刻意设计了几场煽情戏，前铺后垫、循序渐进地将故事讲给观众。一是伍知县以真情和大爱感化流浪儿童的戏。孩子们偷走了伍知县心爱的“神驴”又卖给了杀驴卖肉的汤锅。伍知县得知后不但没有责罚孩子们，反而将他们收留在自己家；二是当柳叶儿、三脚猫恶习不改，偷了麻翠姑的耳环、“顺”了伍知县家的银勺子后，麻翠姑大发雷霆要赶走这些“小叫花子”，伍知县一改惧内的行事风格，与麻翠姑闹翻的戏；三是为了唤醒孩子们的良知，伍知县带着倪立秋（绰号泥鳅鱼）回乡看望他的爷爷的戏；四是伍知县在与教唆犯和土匪斗争时舍生忘死解救孩子，深深感动清河县百姓自发参加解救被囚禁儿童的战斗的戏；五是原本十分讨厌“小叫花子”的麻翠姑在伍四六的行动感化下，挺身而出帮助伍四六战胜凶残顽匪，并亲自为流浪儿童缝制新衣裳，送他们去读书，使几名无家可归的孩子得到了从没有得到过的母爱的戏。

从事电影创作的编导者常说：电影是遗憾的艺术。尽管《酸》剧受制于拍摄条件和经费的影响，最终呈现出来的艺术效果没有完全呈现出笔者的创作意图。可是，笔者在《酸》剧的创作中大胆尝试了喜剧电影创作不完全依赖于喜剧性情节，着意追求以性格喜剧为主体以及在引人入胜的故事情节中突出以情感人的艺术追求，还是收获颇丰。

创作实践证明，喜剧创作在不失喜剧特色的同时，也可以追求情怀。

附件Ⅱ　电影《毛驴县令之酸儿辣女》剧本

编剧：崔晓

人物简介

伍知县——43岁。本名伍四六，官名伍十成，新上任的清河县县令。因性格倔强，喜欢骑驴，人称毛驴县令。

麻翠姑——46岁。伍知县夫人，曾在皇宫服侍皇后娘娘，因年龄大了，性格孤傲，与其他宫女不睦，皇上钦赐她与清河知县伍四六成婚。

柳叶儿——12岁。绰号哭黄天，流浪女童。

倪立秋——11岁。绰号泥鳅鱼，流浪儿童。

小三儿——9岁。绰号三脚猫，流浪儿童。

二胖子——10岁。绰号白吃饱，流浪儿童。

糖人郭——58岁。捏糖人老头，教唆和拐卖儿童的匪首。

于黑子——25岁。惯偷，糖人郭的大徒弟。

倪老八——63岁。聋老头，倪立秋的爷爷。

汤锅李——50岁。驴肉馆老板。

衙役：南北头、傻大胆、一根筋、追风腿。

喜鹊——20岁。麻翠姑的侍女。

杜鹃——25岁。伍知县家中侍女。

郝先生——60岁。名雷，字雪海，号复阳。被流放的前朝重臣。

王夫人——48 岁。郝先生的夫人。

刘继业——丢失孩子的中年农民。

刘王氏——刘继业的妻子，丢失孩子的母亲。

刘家根——丢失儿童。

土匪：络腮胡子、矮粗胖子。

打手：甲、乙、丙、丁。

群众、土匪等若干。

［片头歌］

说仙不是仙，
奔走在民间。
驮过张果老，
去过蓬莱山。
生来脾气犟，
能折不能弯。
张嘴嗓门大，
气正撼河山。
耳朵长，听得见民间疾苦。
牙口好，品得出苦辣酸甜。
咿儿咿儿哟，
咿儿呀儿哟，
走正道，从不怕脚下路弯弯。

1. 片头。日。外。

［一头俊俏的毛驴在撒欢奔跑。

［一把鲜嫩的青草在风中飘荡。

［毛驴追逐着青草，几次要吃到的时候青草又飞起来。

［毛驴来了脾气，一个就地十八滚腾空跃起，去追青草。

［毛驴终于咬住了那把青草。

［毛驴落地，一位县令（剧中的伍知县）飞身上驴。

［毛驴调腚，伍知县倒骑在驴背上。

［伍知县倒骑毛驴，看着《民生要义》向山上走去。

［弹出片名《毛驴县令之酸儿辣女》。

2. 伍知县家后花园。日。外。

［在清河县县令伍四六家中的小花园里，摆着刀枪剑戟等兵器。

［伍四六在梅花桩上练功，侍女喜鹊和杜鹃各拿水火棍在一旁监功。

［伍知县的夫人麻翠姑坐在一棵杏树下。

麻翠姑 （边吃酸杏边喊）东方日出——

喜　鹊 （应）甲乙木！（用水火棍打伍知县，伍知县跳到另一根木桩上）

麻翠姑 （又喊）西边有雨——

杜　鹃 （应）庚辛金！（用水火棍打伍知县，伍知县再跳）

麻翠姑 （再喊）壬癸水、丙丁火！

喜鹊和杜鹃 （同时喊）南北夹击棒无情！（用水火棍同时攻击伍知县，伍知县跳到中间的梅花桩上）

麻翠姑 （突然喊道）小心后脑勺！（随机抛出一颗青杏子打向伍知县）

［伍知县冷不防被青杏子打中，“哎哟”一声载下梅花

桩，喜鹊、杜鹃捂嘴笑。

伍知县　哎哟！麻翠姑呀麻翠姑，你这哪是帮我习武，分明是谋害亲夫！

麻翠姑　我怎么教你的？练了一春带八夏，一颗青杏就把你打趴下了！没见过你这么笨的蛋！上去！再练！

伍知县　不上去！不练了！

麻翠姑　你上不上？

伍知县　说不上就不上！爱咋咋地！

麻翠姑　伍四六，你知道皇上让我嫁给你是为什么吗？

伍知县　不知道！莫名其妙！

麻翠姑　皇上让我嫁给你不是为你生儿育女——

伍知县　让你来谋害我？

麻翠姑　让我来保护你！皇上知道你出身寒门见识浅，读过几本没用的书，封你个七品知县又怕你干不好，就派我来陪你上任，捎带着管教你。

伍知县　（双手抱拳）皇上圣明！求您把麻翠姑召回去吧！

［麻翠姑突然起身，像旋风一样围着伍知县转了三圈，然后拎起伍知县抬脚将他踢到梅花桩上。

麻翠姑　接着练！

［衙门外传来驴叫声。

伍知县　练不了啦！驴叫了。

麻翠姑　驴叫了让衙役一根筋去喂草喂料，你接着练。

伍知县　毛驴叫官司到，老爷我得审案去了。

麻翠姑　又没有告状的，你审什么案？

［衙门外传来击鼓声。

伍知县　（跳下梅花桩喊）传击鼓人上堂——

3. 县衙大堂。日。内。

南北头　（喊）传击鼓人上堂——

［伍知县坐在大堂上，衙役、主簿站立两旁。

［衣衫褴褛的一对农民夫妇走进公堂跪拜。

刘继业 青天大老爷！小民刘继业和孩子他妈刘王氏给你磕头了！

伍知县 别磕头了，自己留着吧！你们为何事击鼓？要状告何人？

刘继业 老爷！俺们的孩子丢了，求大老爷做主，帮俺们找到孩子，俺们感谢你八辈祖宗！

刘王氏 大老爷呀——我的孩子呀！

伍知县 别哭！别哭！你们的孩子多大了？男孩女孩？叫什么名字？什么时候丢的？

刘继业 回大老爷，俺的孩子才6岁，是个小子，三代单传，名叫刘家根，三天前丢的，大老爷您积德行善帮俺们找回孩子吧！

刘王氏 （哭）大老爷呀——我的儿呀——

伍知县 行啦！行啦！起来吧！大老爷我可以帮你们找儿子，可我不能当你们的儿子。刘主簿，你详细问问，他们的孩子是怎么丢的？有什么线索没有？回头派人去帮他们找找。

刘义守 老爷，在您到任之前，这清河县就发生过十余起丢失儿童的案件。

伍知县 找到几个？

刘义守 一个没找着。

刘王氏 （跪下）这可怎么办哪！大老爷呀你救救俺们吧！

伍知县 别哭！别哭！你们把详细情况对刘主簿说说，然后回家等信吧！

刘继业 （抹眼泪）谢谢大老爷！

伍知县 南北头、追风腿、傻大胆，你们和刘主簿一块出去帮他们找孩子。

一根筋 老爷，我干啥去？

伍知县 你去把老爷的驴喂饱了，等老爷吃完饭你跟我去找孩子。

4. 县衙院内。日。外。

[县衙院里一个驴棚子下，一根筋给毛驴拌草料。

伍知县　（提半桶水）来吧伙计，你一边吃一边喝。吃饱了，喝得了，好跟老爷办案去。

一根筋　老爷，驴不饿了，您还饿着呢！快回家吃饭去吧！

伍知县　一根筋，你说那活蹦乱跳的孩子他怎么说丢就丢了呢？

一根筋　老爷，那孩子又不像驴有笼头拴着，他们到处乱跑，就容易跑丢了。

伍知县　一根筋你去把那丢了的小孩衣服或鞋找来，让我这驴闻闻味儿，说不定它就能把孩子给找回来。

一根筋　老爷你真能逗，驴又不是狗，它要能破案还用老爷干啥？

伍知县　你会说话不？叫你去试试你就去试试，我这是神驴你不知道吗？

一根筋　好！好！我带神驴去试试。

5. 伍知县家中厅。日。内。

[伍知县坐在饭桌前，喜鹊和杜鹃端来饭菜。

喜　鹊　老爷请用膳。

伍知县　太太怎么不来用膳？

杜　鹃　太太说她牙倒了，不吃了。

伍知县　牙倒了？不对呀！刚才我还看见太太红口白牙的一个没倒啊？

喜　鹊　太太这几天吃青杏把牙吃坏了。

6. 伍知县家后花园。日。外。

[麻翠姑坐在杏树下吃青杏，直酸的呲牙咧嘴。

7. 伍知县家中厅。日。内。

伍知县 太太什么毛病？有樱桃、草莓她不吃，青杏子酸了吧唧的，她吃那玩意干啥？

喜　鹊 酸儿辣女嘛！太太可能是有了。

伍知县 有啥了？有病了？

喜　鹊 八成是有喜了！

伍知县 胡扯！不可能！

喜　鹊 她爱吃酸的就可能是有了。

伍知县 笑话！你们看咱们院里有花有草，他怎么没有大窝瓜呢？

杜　鹃 那是咱们没种。

伍知县 就是嘛！没下种哪来的苗？没有葫芦哪有瓢？不可能的事。

［伍知县放下筷子出去。

［喜鹊和杜鹃面面相觑。

8. 刘家庄刘继业家门前。日。外。

［一根筋牵驴来到刘继业家门外，将驴拴在树上。

［刘继业夫妇迎出来，一根筋随刘家夫妇进屋。

［两个半大孩子跑过来，一个剃着小子头的丫头叫柳叶儿，另一个男孩叫倪立秋。

［柳叶儿一直留意着院子里的动静，倪立秋用木棍挑着一颗青菜让伍知县的毛驴闻。

［倪立秋解开缰绳，跳上驴背，举着青菜引逗毛驴离去。

［柳叶儿听见倪立秋的一声口哨后，也转身溜走了。

9. 伍知县家后花园。日。内。

［麻翠姑拿着青杏发呆。

伍知县　（进来）我说麻翠姑，你可别吃酸杏了，你就是吃倒了牙，吃坏了胃也肯定吃不出个儿子来。

麻翠姑　老爷，翠姑想要给你留个后。

伍知县　那得水到渠成，瓜熟蒂落，慢慢来。

麻翠姑　咱们会有孩子吗？

伍知县　孩子会有的。

麻翠姑　会有吗？

伍知县　会有。

麻翠姑　（激动地）老爷！我好好激动啊——

［麻翠姑旋转要倒。

伍知县　（急忙用扇子顶住麻翠姑）你别激动，挺住！发昏当不了睡觉。

一根筋　（气喘吁吁地跑来）老爷不好了！老爷出事了！

伍知县　老爷好好地出什么事了？

一根筋　老爷是驴——驴出事了！

伍知县　（一惊）驴怎么了？

一根筋　驴丢了！

伍知县　怎么丢的？

一根筋　老爷派我去找老刘家丢那个小孩留下的衣服，我牵着驴去了刘家庄老刘家，我把驴留在了老刘家门口，进屋去找老刘家小孩留下的衣服，找啊、找啊——

伍知县　快说驴怎么丢的？

一根筋　等我从老刘家出来驴就丢了！老爷！我有罪！我该死！

伍知县　你先别死，快去找驴！

麻翠姑　对！去找驴！

10. 牲口市场。日。外。

［伍知县带着一根筋、傻大胆在牲口市紧张地找驴。

11. 大车店。日。外。

［刘义守带着南北头、追风腿在大车店找驴。

12. 城门口。日。外。

［县城门口，一个男人骑驴出城，麻翠姑带着喜鹊、杜鹃追出城门。

［骑驴的男人发现有人追赶，打驴奔跑，麻翠姑在后面猛追。

［麻翠姑和喜鹊、杜鹃追上了骑驴人，看了看驴，原来是头母驴，挥手让骑驴人走。

［骑驴人莫名其妙地摇头离去。

13. 县城街头。日。外。

［县城街头一个拐角处，捏糖人的老头（糖人郭）面前摆着小桌，上面插着各种糖人，几个孩子围着他看热闹。

［伍知县来到捏糖人的老头跟前停住脚步。

糖人郭 （敲小锡锣说唱）孙大圣真威风，金箍棒拿手中，睁开了火眼金睛仔细看，原来那美女就是白骨精。

［众孩子鼓掌叫好。

［伍知县走开。

14. 县衙大堂。日。内。

［南北头、一根筋、傻大胆、追风腿都筋疲力尽地坐在地上喘气。

［伍知县和刘义守两人正在挥笔疾书“寻驴告示”。

刘义守 （在告示上画驴）老爷，有发现送还者赏银多少？

伍知县 一百两。

刘义守　多了，老爷。

伍知县　不多。

南北头　一百两银子能买五头驴。

伍知县　你说的那是笨驴、蠢驴，老爷我丢的是头神驴。

刘义守　那就一百两，重赏之下必有蠢夫。

15. 县城门旁。日。外。

［众人围观“告示”。告示上画着一头毛驴。

一个书生　（念告示）清河知县伍十成告知县民，今日午时，县衙丢失毛驴一头，有发现送还者，赏银百两。有提供线索者，赏银十两。

［众人议论。

［人群中，柳叶儿和倪立秋相互交换了一下眼神，然后离去。

16. 伍知县家中堂。日。内。

［伍知县坐在中堂两眼发直。

麻翠姑　（端茶）老爷，你喝碗苦茶解解渴，败败火，告示已经贴出去了，说不定会有人会送驴回来。

伍知县　完了！完了！活不见驴，死不见皮。肯定没救了！

17. 伍知县家门外。日。外。

［伍知县家门外，两个孩子——二胖子和小三儿探头探脑地往院里张望。

［不远处墙角旁柳叶儿和倪立秋在监视着二胖子和小三儿。

喜　鹊　（买豆腐回来）你们看什么呢？

［二胖子和小三儿转身要跑。

喜　鹊　（抓住两个孩子）别跑！你们要干什么？

二胖子　俺们没——没——没——

小三儿　没事！

喜　鹊　不对！你怀里揣的是什么？拿出来！

二胖子　（从怀里拿出驴笼头）俺们是来——来——来——

小三儿　来领赏钱的。

喜　鹊　啊！驴笼头！（向内喊）老爷！太太！快来呀！你们快来看看！

［伍知县和麻翠姑跑出来。

伍知县　看什么？驴回来了？

喜　鹊　他们拿的是驴的笼头。

麻翠姑　我看看！是老爷的驴笼头。

伍知县　（抢过笼头）完了！完了！真的完了呀！

［伍知县昏倒。

麻翠姑　老爷！老爷！你挺住啊！

喜　鹊　太太怎办？

麻翠姑　把这两个小东西给我带进去，别让他们跑了！

［麻翠姑扛起伍知县进院。

［喜鹊抓住二胖子和小三儿拉进院里。

［墙角处的柳叶儿和倪立秋撒腿跑了。

18. 伍知县家中堂。日。内。

［麻翠姑扶伍知县坐到躺椅上。

麻翠姑　（叫）老爷！老爷！你醒醒啊！

［伍知县将驴笼头抱在胸前双眼紧闭，气息全无。

［麻翠姑将驴笼头扔在地上，然后捏住伍知县的鼻子，俯下身往伍知县嘴里吹气，眼见着伍知县的肚子鼓了起来。麻翠姑松开手，伍知县的肚子又瘪了回去。

［麻翠姑再一次捏住伍知县的鼻子往他嘴里吹气，还是无济于事。

［麻翠姑从头上拔下银簪扎伍知县的人中。

伍知县　（苏醒）驴呀——我的神驴呀——

麻翠姑　老爷，你的驴没了，可你还健在呀！

伍知县　驴没了我还活着干什么？

麻翠姑　那你也死了吧！杜鹃，照顾好你家老爷。

杜　鹃　是。

19. 伍知县家后花园。日。内。

［喜鹊带着二胖子和小三儿走进后花园。

喜　鹊　老实跟我走，不听话我踹扁你们！

［小三儿一瘸一拐往前走。

二胖子　（对小三儿）小三儿，快拽一下我的胳膊。

［小三儿一拽二胖子的胳膊，二胖子的一只胳膊便脱臼垂落下来。

喜　鹊　（把小三儿和二胖子带到凉亭前）快说！这驴笼头你们是从哪整来的？

二胖子　捡——捡——捡——

小三儿　捡来的。

喜　鹊　从哪儿捡来的？

二胖子　泥——泥——泥——

喜　鹊　泥什么？

小三儿　泥啦吧唧的阳沟里捡来的。

喜　鹊　驴呢？

二胖子　驴——驴——

小三儿　驴不知道！

二胖子　不——不知道！

喜　鹊　（拿一根棍子）不说实话我打断你们的腿！

小三儿　俺们真不知道啊！

二胖子　就——就——就是不知道！

喜　鹊　跪下！

麻翠姑　（拿着驴笼头进来）驴在什么地方？

喜　鹊　太太！他们不说。

麻翠姑　不说？不说我让你们变成驴。给我站起来！

喜　鹊　起来！

麻翠姑　你们看着！

［麻翠姑稍一运气，挥手"砍"断了一棵碗口粗的树。然后顺手捡起一块砖，用手一劈，砖分两半。

［二胖子和小三儿直看得目瞪口呆。

麻翠姑　（将半块砖头掰开两半，用手一攥碎成粉末）看见没有？你们要不说我就把你们的脑袋捏扁！

［小三儿被吓哭。

［二胖子尿了裤子。

喜　鹊　不准哭！憋回去！

麻翠姑　快说！驴在哪儿？

二胖子　（跪下）我——我——我说——

小三儿　（也跪下）说了就得死！

喜　鹊　不说现在就让你们死！

二胖子　（哭）哇——我不——不想死啊！

［麻翠姑近前拉起二胖子耷拉着的那只胳膊，轻轻一推，胳膊复位。

麻翠姑　好小子，敢跟我玩这套把戏！

二胖子　我说——我全说！

20. 伍知县家中堂。日。内。

［伍知县伏案挥泪痛书"悼驴文"。

［刘义守、南北头、追风腿、傻大胆、一根筋等人垂头丧气地在一旁站立。

［以下闪回伍知县和驴相处的几个画面。

伍知县　（内心独白）神驴有种兮太原之东，与吾结缘兮初识京城，情投意合兮两心能懂，相随赴任兮清河之冲。风霜雪雨兮刀光剑影，出生入死兮屡建奇功。今朝失君兮切肤之痛，如去手足兮电劈雷轰。感念旧情兮泪如泉涌，再若相逢兮除非梦中。呜呼——

麻翠姑　（拎着驴笼头匆匆进来）先别呼了！（将驴笼头扔在堂案上）

伍知县　我还差一句就“呼”完了！

麻翠姑　追风腿、南北头！

追风腿和南北头　（同时）太太有何吩咐？

麻翠姑　你二人速去城北城隍庙，去把一个叫“泥鳅鱼”、一个叫“哭黄天”的两个孩子给我抓来！

伍知县　驴丢了抓孩子干什么？

麻翠姑　是他们偷的驴！

伍知县　快去！快！

21. 县衙大堂。日。内。

［伍知县坐在大堂上，麻翠姑和刘义守站在两旁。

南北头　（喊）升堂——

［傻大胆带着四个孩子上堂来。

［泥鳅鱼斜眼吊炮，哭黄天抬头望天，白吃饱耷拉一只胳膊，三角猫拖着左脚，这几个人都奇形怪状地站在堂前。

傻大胆　跪下！

［四个孩子跪下。

伍知县 （和颜悦色地）你们几个孩子别害怕，好好说，你们都叫什么名？家住哪里？爹妈是谁？

傻大胆 老爷问你们话呢！说！

倪立秋 不知道！

柳叶儿、二胖子和小三儿 （齐说）不知道。

麻翠姑 （拿起惊堂木猛拍）混账！不知道给我狠狠地打！

柳叶儿 （大哭）哇——

［其他三个孩子一块儿大哭。

伍知县 （对麻翠姑）你干什么呀？看把孩子吓的！

麻翠姑 他们是偷驴贼，偷走了你的驴！

伍知县 偷驴固然可恨，十分可恨！可他们毕竟是孩子。

麻翠姑 那怎么办？把他们放了？

伍知县 放了他们我上哪儿找驴去呀？

麻翠姑 （坐在伍知县座位上）那就打！顽劣之童，不打不招！

［柳叶儿带头大哭，其他三个孩子也哭。

伍知县 哎呀！别哭！别哭！她吓唬你们又没真打，你们哭什么呀！

刘义守 老爷，我看这么审问不行，不如把他们分开来问，或许能各个击破。

伍知县 对！怪不得你叫刘义守，关键时刻还真有一手。来呀！把他们分开审问，谁都不许打他们啊！

22. 县衙院里。日。外。

［追风腿和傻大胆带着柳叶儿进了东厢房。

［刘义守和一根筋带着倪立秋进了西厢房。

［麻翠姑和喜鹊拉着小三儿到驴棚里。

23. 县衙大堂。日。内。

［伍知县让南北头拿来了两个鸡蛋和一张烧饼。

伍知县　（把鸡蛋和烧饼给二胖子）孩子，别怕，吃烧饼，吃鸡蛋。

［二胖子用感激的目光看着伍知县。

伍知县　（拉二胖子一块儿坐在地上）告诉老爷，你叫什么名字？

二胖子　我——我——我——

伍知县　别着急，你口吃，慢慢说。

二胖子　我不是磕巴，要饭的时候装磕巴，能比别人要的多。

伍知县　是啊！你挺聪明的。

二胖子　他们都说我傻。

伍知县　你叫什么名啊？

二胖子　我叫二胖子，他们都叫我"白吃饱"。

伍知县　你家住哪儿呀？

二胖子　没有家了。

伍知县　那你爸、你妈呢？

二胖子　跑了！

伍知县　你爷、你奶呢？

二胖子　死了！

伍知县　家里没人了，你就出来要饭了！真是可怜呀！

二胖子　那个叫"泥鳅鱼"的，他是俺们的头儿，打人可狠了——

24. 县衙西厢房。日。内。

［刘义守和一根筋在审问泥鳅鱼。

［泥鳅鱼斜楞眼睛、梗着脖，什么都不说。

二胖子　（画外音）他大名叫倪立秋，家里有个爷爷，住在倪家窝棚。

25. 县衙东厢房。日。内。

［追风腿和傻大胆在审问柳叶儿。

［柳叶儿哭天抹泪，追风腿和傻大胆无计可施。

二胖子　（画外音）那个叫柳叶儿的，她是个丫头片子，外号叫“哭黄天”，专门儿会哭，一肚子的鬼心眼儿。

26. 县衙驴棚。日。外。

［麻翠姑和喜鹊在审问小三儿。

二胖子　（画外音）那个叫小三儿的，岁数最小，外号叫“三脚猫”，他不是真瘸，是装瘸。

麻翠姑　（骂小三儿）好你个小崽子！小混蛋！一问摇头三不知，你给我滚！

喜　鹊　让你滚！听见没？

小三儿　滚就滚！

［小三儿瘸着右脚往外就走。

麻翠姑　站住！把他绑上。

小三儿　你让我走的，你是大人，你说话不算数。

麻翠姑　少跟我装蒜！你进来的时候瘸的是左脚，刚才瘸的是右脚，你当姑奶奶是瞎子啊！

喜　鹊　（绑小三儿）小兔崽子！你还敢骗人！

小三儿　我不能可着一只鞋干磨呀！

麻翠姑　给我吊起来打！

小三儿　别打我！我全说。

喜　鹊　说！

小三儿　是泥鳅鱼和哭黄天偷了老爷的驴。他们俩把驴笼头给我和白吃饱了，让俺们拿着笼头来领赏钱。

麻翠姑　驴呢？驴在哪儿？

小三儿　驴在哪儿我不知道。

喜　鹊　你撒谎！

小三儿　撒谎天打五雷轰！

27. 县衙东厢房。日。内。

追风腿　（对柳叶儿）小丫头，你哭也没用，俺们知道，驴就是你们偷的。俺们老爷心慈面软，只要你告诉俺们驴在哪？俺们去把驴找回来，就没你们的事了。

柳叶儿　（哭着）真的吗？

追风腿　我保证，老爷肯定不能难为你们。

柳叶儿　驴在城东。

傻大胆　城东什么地方？

柳叶儿　汤锅李家。

追风腿　汤锅李是干什么的？

柳叶儿　杀驴卖肉。

追风腿和傻大胆　（同时吃惊）啊！杀驴卖肉！

28. 汤锅李家后院。傍晚。外。

［中年男子汤锅李边哼小曲边在磨石上磨刀。

［地上躺着五花大绑眼泪汪汪的毛驴。

汤锅李　（边磨刀边唱）天上的龙肉美，地上的驴肉香。宁舍爹和娘啊，也不舍驴板肠。

29. 县城街上。傍晚。外。

［伍知县和衙役们向着城东狂奔。

［麻翠姑骑着马，马上驮着柳叶儿随后赶来。

30. 汤锅李家后院。傍晚。外。

汤锅李　（磨好了刀不无得意地）哈哈！该着我老李走时气，二两银子买头驴。小毛驴呀！你的寿禄到了，哎呀！你咋还掉眼泪了？你可别怪我呀！那两个败家孩子把你卖给我了，我就得送你下汤锅。（再驴脖子上背了背刀）走吧毛驴！早死早托生。

［汤锅李举起刀就要杀驴。

［麻翠姑翻墙而入，一脚踢飞了汤锅李手中的刀。

汤锅李 （一惊）谁？干什么？

［麻翠姑又一脚将汤锅李踹倒。

［伍知县带衙役们冲了进来。

汤锅李 （大喊）救命啊！有强盗！

傻大胆 汤锅李，这是知县大老爷的驴，你也敢杀？

汤锅李 知县大老爷？我不知道啊！大老爷恕罪！（磕头）

伍知县 （激动地扑向驴）伙计，你还活着！太好了！你可急死我了！

［麻翠姑用刀挑开了绑绳，伍知县将驴扶起。

伍知县 你受委屈了！没受伤吧？

刘义守 汤锅李，你可知罪？

汤锅李 大人，我不知道这是老爷的驴，我是从两个孩子手里花二两银子买来的。

伍知县 什么？才二两银子？我这可是神驴呀！

麻翠姑 把驴牵走。

［一根筋牵驴出去。

汤锅李 我那二两银子咋办？

伍知县 你收买赃物，与窃贼同罪，带回衙门审问。

汤锅李 我冤枉啊！

傻大胆 走！

31. 城外树林内。傍晚。外。

［追风腿带着倪立秋来到城外小树林内。

倪立秋 （指着一棵大树）就在这树上的老鸹窝里。

追风腿　上去。

倪立秋　（看看大树）叔，树太高，我上不去。

追风腿　（看树）是太高，孩子上去不安全，我上吧！

［追风腿放下手中棍子，爬树。

［倪立秋趁机逃跑。

追风腿　嗨！你别跑！

［追风腿跳下来，抓住倪立秋。

追风腿　小混蛋！敢跟我耍滑头！上去。

倪立秋　我不敢上啊！

追风腿　不敢上，你是怎么放里去的？给我上！（举棍要打）

［倪立秋爬上树，从老鸹窝里摸出两枚银子扔下来。

32. 县衙大堂。夜。内。

［伍知县坐在大堂上，衙役们站两旁。

［汤锅李和四个孩子跪在堂前。

伍知县　汤锅李，你不问来由，收买赃物，按律当责。念你还没杀驴，老爷法外开恩，打你二十大板，罚你五十两银子，取保释放。

伍知县　谢大老爷！

伍知县　慢！本县判你今后不准杀驴，如果杀驴，定不轻饶！

汤锅李　小的明白，谢大老爷开恩！

伍知县　下去吧！

汤锅李　（磕头，临走对倪立秋等说了一句）败家孩子，你们坑死我了！

［画外传来打板子和汤锅李的叫声。

伍知县　（手拿二两纹银）你们四个小孩，生性顽劣，缺少教化，竟敢偷窃老爷的神驴，最让老爷生气的是你们卖我的神驴，才要了二两银子！太不像话了！

［柳叶儿又哭。

伍知县 别哭！哭什么？老爷还没说怎么判你们呢！刘主簿，按照大清律条，偷驴该怎么判哪？

刘一手 老爷，偷驴一头者，按律当责四十，坐牢三到五年。

伍知县 你们听见了吗？

［柳叶儿再哭。

伍知县 别哭！刘主簿，律条上说没说孩子偷驴该当何罪？

刘义守 老爷，大清律条上没说孩子偷驴该怎么判。

伍知县 没说吗？

刘义守 确实没有。

伍知县 那可怎么办呢？

南北头 老爷，恕小的多嘴，他们几个都是无家可归的孩子，要把他们关进大牢，咱们还得供吃供喝，岂不是累赘。

伍知县 说的是呢！要不就把他们放了？

［柳叶儿大哭，其他三个孩子伴哭。

伍知县 停！停！哭什么哭？老爷念你们尚未成年，免去责罚，还哭什么？

倪立秋 大老爷，求你开恩，千万别放俺们出去，出去俺们就活不了啦！

三个孩子 别放俺们出去了。

伍知县 嗯？为什么？

倪立秋 俺们偷驴卖钱没交师傅，师傅知道了会把俺们活活打死。

伍知县 有这等事？谁是你们的师傅？

倪立秋 不知道。

三个孩子 不知道。

伍知县 胡说！不知道师傅是谁你们要把钱交给谁？

倪立秋 交给俺们的师哥。

伍知县　师哥是谁？

倪立秋　他叫于黑子。

33. 县城小巷。夜。外。

［县城小巷深处，一片昏暗。

［几声狗叫，一个二十多岁的男人窜入小巷，他就是孩子们所说的于黑子。

［于黑子警觉地四处看看，然后进入一座破旧的老房子。

34. 小偷窝点。夜。内。

［一座老房子内，点着昏暗的油灯。

［六个孩子分别在热水盆里和炒热的沙盆子里练手法。

［三个孩子快速地在热沙盆子里插手。

［另外三个孩子在热水盆里练用手指夹玻璃球。

糖人郭　（手拿藤条抽打孩子叫道）快！快！还要快！

于黑子　（进来对糖人郭小声说）师傅，出事了！

糖人郭　（对孩子吼道）都滚出去！

［孩子们退出。

于黑子　师傅，泥鳅鱼他们让官府抓了。

糖人郭　进去几个？

于黑子　四个。

糖人郭　抓紧救出来，卖了。

35. 伍知县家中堂。夜。内。

［伍知县带着倪立秋等四个孩子回家。

伍知县　进来！都进来！

杜　鹃　（迎出来）老爷万福！

伍知县　杜鹃，快找些吃的东西，让他们填饱肚子。

杜　鹃　是。

伍知县　喜鹊呢？

喜　鹊　（出来）老爷金安！

伍知县　喜鹊，你去把西厢房收拾一下，等他们吃饱了带他们去睡觉。

喜　鹊　是。

伍知县　你们都坐下，老爷我去打两盆水来，把你们这黑爪子和狗巴脸都洗干净了再吃饭。

杜　鹃　老爷，太太有请。

伍知县　知道了！

36. 麻翠姑卧房。夜。内。

［麻翠姑穿着睡衣坐在床上。

伍知县　（进门先请安）夫人万福！夫人有何吩咐？

麻翠姑　伍四六，我问你，那几个小叫花子偷了你的驴，你不教训他们，还把他们带到家来管饭，是何道理？

伍知县　太太说的没错，本官也为此事纠结呢！我想打他们一顿，可他们太小，嫩骨头嫩肉的打坏了怎办？我想把他们关进大牢，可又没人给他们送饭吃，饿死咋办？我想把他们放了，可他们都是孤儿无家可归，将来咋办？事逼无奈我才把他们领家来先吃饱了再想办法。

麻翠姑　你趁早把他们整走，我家里容不得这些臭烘烘的叫花子。

伍知县　嗻！本官明天就去想办法。（欲走）

麻翠姑　等等！本夫人救了你的驴，你还没说谢谢我呢！

伍知县　多谢媳妇——夫人——太太——贤内助！

麻翠姑　什么乱七八糟的？

伍知县　千恩万谢翠姑救驴之恩！

麻翠姑　可惜呀！它是头公驴。

伍知县　夫人的意思是——

麻翠姑　它要是头母驴你就不用娶太太了。

伍知县　夫人所言不妥，驴怎么能和您比呢？

麻翠姑　什么？你竟敢拿我和驴相比？

伍知县　不是，我说您比不了驴。

麻翠姑　放肆！

［麻翠姑要打伍知县，伍知县迅速逃出门去。

麻翠姑　你给我回来！

伍知县　（探头进屋）我不回去，干气猴！

麻翠姑　你这回跑得可真快。

伍知县　这不是您教我的功夫嘛！

麻翠姑　我教你的什么功？

伍知县　脚底抹油功！跑得快不挨打啊！

37. 伍知县家中厅。夜。内。

［四个孩子坐在餐桌旁。

［杜鹃和喜鹊端来了烧饼和面汤。

［二胖子狼吞虎咽开吃。

倪立秋　（用筷子打二胖子）白吃饱，你是饿死鬼托生的？

二胖子　我饿了。

［小三儿贼眉鼠眼地四处打量。

倪立秋　三脚猫，你干啥？踩盘子呢？（黑话：踩盘子——踩点）

小三儿　这是“火点子”！（黑话：火点子——有钱）

二胖子　哎！我的“水牙子”呢？（黑话：水牙子——汤勺）

倪立秋　三脚猫，你欠揍是不？拿出来！

［小三儿从兜里拿出来两把银勺子。

［众人吃喝，只有柳叶儿不吃。

倪立秋　（问柳叶儿）哭黄天，你没饿啊？

柳叶儿　我等你们吃了没事我再吃。

［三人同时停住。

倪立秋　你什么意思？

柳叶儿　你们不觉得这个当官的老爷挺怪吗？

小三儿　对呀！你们拐了他的驴，他不收拾咱们还给咱们好吃好喝的，好像不对劲儿。

柳叶儿　他会不会在饭里下毒把俺们毒死啊？

二胖子　（也不吃了）咱们赶紧走吧！

柳叶儿　咱们出去就得被于黑子给办了。

二胖子　那咱们还是别出去了。

伍知县　（进来）孩子们，你们怎么不吃了？

倪立秋　吃饱了。

伍知县　吃饱了老爷带你们去睡觉。走！跟我来。

［大家往出走，小三儿顺手把两把银勺子拿走。

38. 麻翠姑卧房。夜。内。

［麻翠姑斜躺在床上翻看《梨花宝典》。

喜　鹊　（端茶进来）太太，我看这几个孩子都不是什么好东西。

麻翠姑　好东西能偷驴吗？

喜　鹊　他们说黑话。

麻翠姑　嗯？说什么了？

喜　鹊　我听不懂。

麻翠姑　好好看管他们，别让他们偷了咱们的东西。

喜　鹊　喜鹊明白。

［麻翠姑将耳环摘下来放在床头柜上。

39. 伍知县家西厢房。夜。内。

伍知县　（给孩子们铺被）你们早点睡觉，丫头睡里屋，臭小子们谁外屋。

小三儿　（摸摸炕）炕还是热乎的呢！

［二胖子摸着新缎子被禁不住哭出声来。

伍知县　怎么了？好么秧地怎么哭了？

倪立秋　白吃饱，你憋回去！

二胖子　我从来就没盖过被呀！

伍知县　那你们平时都睡在什么地方？

小三儿　睡庙头、桥洞子，盖个草袋子。

伍知县　今晚你们就睡热炕头儿。

小三儿　睡热炕了——（高兴地跳上炕）

倪立秋　下来！三脚猫你上脸是不？

伍知县　怎么了？他要睡觉你怎么不让啊？

倪立秋　大老爷，俺们睡在地上就行。

伍知县　有热乎炕你们为什么要睡地上？

倪立秋　俺们太埋汰，不配盖这么好的被子。

伍知县　嗯！你们是有点臭，要不这样，今晚儿大彪的月亮，老爷领你们上清河湾去洗个澡怎么样？

40. 伍知县家门外。夜。外。

［一根筋抱着腰刀坐在上马石上打盹。

［于黑子蒙面悄悄过来。

［于黑子掏出短刀要杀一根筋。

［伍知县推门出来。

［于黑子一闪身跳墙跑了。

伍知县　谁？干什么的？

一根筋　（跳起来）谁？在哪儿呢？

［三个男孩子躲到伍知县身后。

小三儿　好像是“顶水子”。（黑话：顶水子——于黑子）

伍知县 什么叫“顶水子”？

倪立秋 大老爷，他说的不是人话。

一根筋 老爷，你这是要去哪儿呀？

伍知县 我带他们去洗澡，你也来吧！

41. 伍知县家后院。夜。外。

［喜鹊和杜鹃往一口缸里倒热水。

麻翠姑 （披着风衣出来）你们两个半夜三更的折腾什么？

喜　鹊 老爷吩咐让俺们烧热水，给那个丫头洗澡。

麻翠姑 你们老爷有病！他们偷驴还有功了？

42. 麻翠姑卧房。夜。内。

［柳叶儿悄悄溜进麻翠姑的卧房，见卧房里没人，迅速地将麻翠姑的一副耳环揣进怀里。

43. 清河湾。夜。外。

［清河湾明月当空，湖水如银。

伍知县 （脱得只剩下一条兜裆布，像孩子一样蹦跳着）孩子们！快脱得光巴出溜的，下河洗澡。

［倪立秋和二胖子都脱光了，只有小三儿不脱。

二胖子 三脚猫，你怎么不脱？

小三儿 我——我怕水。

倪立秋 你怕什么水！快脱了！

［倪立秋动手脱小三儿的衣服。

小三儿 我不脱！你别脱我的衣服。

［两把银勺子掉了出来。

倪立秋 三脚猫！这是怎么回事？你真不要脸！臭不要脸！（打小三儿耳光）

伍知县　哎！你干嘛打他？

小三儿　（跪下）大老爷！我错了！我偷了你们家的银勺子。

傻大胆　坏小子，你怎么谁的东西都敢偷？

伍知县　没事！没事！都别声张，等回去的时候你悄悄地把勺子放回去就行了。

小三儿　（磕头）大老爷！你真是大好人呀！

伍知县　来来来！下河洗澡。

44. 伍知县家后院。夜。外。

［喜鹊和杜鹃拉着柳叶儿让她脱衣服洗澡。

柳叶儿　我不洗澡！不洗澡！

杜　鹃　是老爷吩咐让你洗澡。

柳叶儿　那我也不洗！

45. 麻翠姑卧房。夜。外。

［麻翠姑回到卧房，发现耳环不见了。

46. 伍知县家后院。夜。日。

杜　鹃　（问柳叶儿）你到底洗不洗？

柳叶儿　不洗！

喜　鹊　不洗拉倒！谁稀罕侍候你咋的？

麻翠姑　（拿着一件睡衣出来）怎么回事？

喜　鹊　太太，她不脱衣服，不想洗澡。

麻翠姑　脱了你那身脏衣服，我送你一件新的。

柳叶儿　我不要你的衣服。

杜　鹃　太太，怎办？

麻翠姑　扒！

［喜鹊扒柳叶儿的衣服，一副耳环掉在地上。

杜　鹃　太太，你看这是什么？

喜　鹊　太太的耳环！

麻翠姑　好啊！你做贼做到我家来了！

杜　鹃　太太，刚才他们吃完了饭咱家就丢了两把银勺子。

喜　鹊　（对柳叶儿）你跪下！

柳叶儿　（哭）哇——

麻翠姑　闭嘴！做贼行窃你还有理？

杜　鹃　太太，要不要等老爷回来——

麻翠姑　等什么老爷！把她给我轰了出去！

47. 清河湾。夜。外。

［伍知县给小三儿搓澡，一根筋给二胖子搓澡。

［倪立秋边洗澡边看着伍知县，深受感动。

48. 伍知县家门外。夜。外。

［柳叶儿哭着从伍知县家出来，突然看见两个人影。

［柳叶儿拔腿就跑。

［两个蒙面人追上去抓住柳叶儿，用毛巾堵住她的嘴带走。

49. 清河湾。夜。外。

［一根筋、二胖子和小三儿还在水中嬉戏。

［伍知县和倪立秋坐在沙滩上聊天。

倪立秋　俺们把师傅叫总瓢把子，其实俺们几个人都没见过他，就知道他姓郭。

伍知县　那谁管你们呢？

倪立秋　师哥，就是他们说的“顶水子蔓儿”，他姓于，叫黑子，心黑手狠。

伍知县　他们让你们干什么？

倪立秋　要饭，偷东西。要来的钱和偷来的东西都得上交。

伍知县　要是不交呢？

倪立秋　不交就打，挑大筋。也有的小孩被他们故意整残废了，为了多讨钱。

［伍知县脑海中闪现出他在街头看见的残疾孩子讨要的画面。

倪立秋　俺们为了不被他们整残废，就故意装瘸、装残疾。

［伍知县脑海中闪现小三儿装瘸、二胖子掉膀子的画面。

倪立秋　听说还有一些孩子被他们卖了。

伍知县　卖到什么地方？

倪立秋　小子卖给土匪，丫头卖到窑子里。

伍知县　你们的父母知道吗？

倪立秋　这些被他们管制的孩子大多没有爹妈。

伍知县　听说你有个爷爷。

倪立秋　（抬头望天半晌才说）我爹死了，妈嫁别人了，我爷爷养我到八岁，可他老了，耳聋眼瞎，管不了我了。

伍知县　（深受触动）穿衣服，咱们走！

50. 县衙门前。日。外。

［伍知县、刘主簿、四名衙役和三个男孩聚在县衙门外。

伍知县　（手里拉着二胖子和小三儿）一根筋，你把他们两个送回我府，严加保护，不准他们走出大门，包括那个丫头柳叶儿，三个孩子一个不能少。

一根筋　明白了！

［一根筋拉着二胖子和小三儿走了。

伍知县　刘主簿，你带衙役、捕快全城巡查，凡是姓郭的都要严加盘问。

刘义守 是，下官明白。

伍知县 追风腿，你随老爷去倪家窝棚，咱们去见倪立秋的爷爷。

追风腿 是！小的愿往。

51. 县城街头。日。外。

[伍知县在前，追风腿牵驴随后，倪立秋骑在驴上。

[路边，几个小孩围着糖人郭看热闹。

糖人郭 （看到伍知县等人过来便敲着钖锣唱曲）哎啦我说呀——东西大道南北走、出门遇见个人咬狗，捡起砖头来打狗，倒叫狗儿咬了手。

[倪立秋从毛驴上跳下来。

伍知县 （扭着头正看糖人郭，见倪立秋躲在他身后）哎！你怎么不骑驴了？

倪立秋 大老爷，我不能骑驴。

伍知县 为什么不能？

倪立秋 你是大老爷，你应该骑，我骑驴会让人家笑话我不懂规矩。

伍知县 没事，尊老爱幼就是规矩。

倪立秋 那我也不骑。

伍知县 那个卖糖人的老头你认识吗？

倪立秋 见过他，他是个怪老头。

52. 汤锅李家肉铺。日。内。

[南北头和傻大胆正在询问汤锅李。

汤锅李 我说了，我不姓郭，我姓李。

傻大胆 人家叫你汤锅李，凡是带锅字的俺们就得查。

汤锅李 查吧！俺们家祖宗三代都是开汤锅的，靠手艺养家糊口，俺是有毒的不吃，违法的不做。就是让两个败家孩子挑弄了，二两银子买头驴，害得我挨了一顿板子还差点蹲大牢。

南北头　你们家是这的老户吧？

汤锅李　打我爷爷那辈起就在这开汤锅。

南北头　这附近姓郭的都有谁？

汤锅李　那可多了去了，东头有个弹棉花的姓郭，西边有个开杂货铺的也姓郭。再就是十字街有个吹糖人的姓郭，他是外来户，两年前打关里过来的。

53. 倪家窝棚倪立秋家。日。外。

［一座破烂不堪的茅草房，门前坐着一个瞎老头，他就是倪立秋的爷爷，他叫倪老八。

倪老八　（哼唱）爹死妈出门，个人顾各人——

［伍知县、追风腿和倪立秋进来。

伍知县　（走近前）老人家，你好吗？

倪老八　（用棍子划拉）谁？谁来了？

追风腿　（大声）老头！伍知县来看你来了！

倪老八　谁？

追风腿　（大声）是知县！

倪老八　（打岔）要饭呀？我还没饭吃呢！到别处要去吧！

伍知县　（拉过倪立秋）老人家，你孙子回来看你来了！

倪老八　我活不了几天了，你们要是能看见我孙子，给他捎个信儿，让他回来给我挖个坑埋上。

倪立秋　（扑到爷爷的怀里）爷爷！是我呀——

倪老八　（摸着孩子的头）你是谁？是我孙子吗？啊？

倪立秋　爷爷！我是小秋！

倪老八　（异常激动）是我的小秋吗？你是秋儿！（紧紧抱住孙

子）爷爷以为看不见你了！（摸着孙子）你长高了，长大了！你在外面怎么活的？有没有坏人欺负你呀？

倪立秋 爷爷！是知县大老爷送我回来的。

倪老八 你说的是谁？

倪立秋 知县！清河县最大的官老爷！

伍知县 （从追风腿那里拿出二两银子交给倪老八）老人家，这点银子你拿着，找个郎中瞧瞧病。

倪老八 （接过银子）这是什么？

倪立秋 是银子，是大老爷给你的。

倪老八 （问孙子）他是当官的？

倪立秋 他是县太爷！

倪老八 （跪下）老爷呀！你修好积德救救我孙子吧！他爹死妈出门了，我也是要死的人了。我要死了他就没亲人了，孩子可怜哪！没有人管他，可别让坏人把他教坏了！我这瞎老头子给你磕头了！

伍知县 （拉住倪老八）不敢当！快起来！老爷子，你放心，我把你孙子带回去，不能让他落到坏人手里。

倪老八 秋儿！快给恩人磕头啊！

[倪立秋跪下磕头。

伍知县 起来！孩子，跟你爷爷说几句话。追风腿！

追风腿 老爷有何吩咐？

伍知县 你去找当地的保甲，告诉他一定要照顾好这位老人。我带这孩子先回去，破案要紧。

追风腿 小的明白，我安排妥当了就去追你们。

伍知县 倪立秋，你先跟着老爷回去，等老爷把这个案子破了，你安全了再回来看爷爷。

倪立秋 （拉着爷爷）爷爷，我要走了！你好好活着。

倪老八 秋儿呀！加小心哪！千万别学坏了！

［倪立秋和伍知县走到大门口，倪立秋跪下给爷爷磕了三个头。

54. 伍知县家院里。日。外。

［伍知县家院内，一根筋正拦着二胖子和小三儿不让他们走。

二胖子　你别——别拦着俺们，让俺们走！

小三儿　俺们必须走。

一根筋　你们不能走，老爷吩咐过，你们几个一个都不能少。

小三儿　柳叶儿走了，俺们也走！

一根筋　反正你们不能走！

麻翠姑　（从房中出来）让他们走！我家里不留贼！

一根筋　老爷吩咐要保护好他们。

麻翠姑　胡扯！老爷要保护小偷把他们请县衙去，这是我家，我说了算。

一根筋　我听老爷的，他说孩子们不能走就是不能走！

伍知县　（领着倪立秋回来）怎么回事？

一根筋　他们俩要走。

伍知县　你们为什么要走？

二胖子　柳叶儿已经走了！

伍知县　她怎么走的？

麻翠姑　是我把她赶走的！

伍知县　你凭什么把孩子赶走？

麻翠姑　她是贼！她偷了我的东西。

伍知县　你——进去说！

55. 伍知县家中堂。日。内。

伍知县　（怒气冲冲指责麻翠姑）你太不像话！太没有同情心

了！一个无家可归的孩子你为什么要把她赶出去？

麻翠姑 她偷东西！她是贼！

伍知县 她偷你什么了？

喜　鹊 她偷了太太的金耳环。

伍知县 一副耳环有什么了不起，要回来就完了，犯得上撵她走吗？

麻翠姑 伍四六！你别跟我吼！你要是愿意收留他们，我就走！

伍知县 你想走就走！抓紧走！

麻翠姑 喜鹊，给我收拾东西，我回皇宫！

伍知县 你爱哪哪去！上天堂我也不管！

杜　鹃 （跪下）太太息怒！老爷是一时着急——

麻翠姑 住嘴！没你的事！

伍知县 我不是着急，我是愤怒！

麻翠姑 你四六不懂！

伍知县 你不仁不义！

麻翠姑 你比驴还蠢！

伍知县 驴比你有人情味儿！

麻翠姑 你敢骂我？

伍知县 骂了！爱咋咋的！

麻翠姑 我是当朝贵妃的保姆！

伍知县 你就是天王老子也不能胡搅蛮缠！

麻翠姑 我——我要教训教训你！

伍知县 我先教训你！

［伍知县跳起身来打了麻翠姑一拳。

麻翠姑 啊！你敢打我？

伍知县 打了！爱咋咋的！

喜　鹊 伍知县，你这是藐视当朝贵妃！

伍知县 我藐视不讲人性的所有人！爱咋咋的！

[伍知县怒气未消地离去!

麻翠姑 （哭）他打我了！他打我了！

喜鹊和杜鹃 太太！你别难过！

麻翠姑 我不是难过，我很感动，你们看他是不还挺爷们儿的？

[喜鹊和杜鹃互相看一眼，不解其意。

喜　鹊 太太，那咱们还走吗？

麻翠姑 走！不走多没面子。

56. 伍知县家西厢房。日。内。

倪立秋 （问二胖子和小三儿）到底发生了什么事？

小三儿 听说是柳叶儿偷了太太的金耳环，那个老女人火了，就把柳叶儿赶走了。

倪立秋 （问二胖子）柳叶儿上哪儿去了？

二胖子 不知道啊！能不能回城隍庙了？

[屋外传来喜鹊和伍知县的对话——

喜　鹊 老爷，我们走了！

伍知县 （气哼哼地）走吧！

喜　鹊 俺们真走了！

伍知县 （叫喊）走吧！走吧！走了好！有本事永远别回了！

57. 伍知县院里。日。外。

[麻翠姑带着喜鹊往出走，伍知县坐在台阶上发威。

[倪立秋带着二胖子和小三儿跑出来，跪在麻翠姑面前。

倪立秋 太太！老爷！俺们错了！

二胖子和小三儿 俺们错了！

倪立秋 俺们对不住老爷，对不住太太！

二胖子 对不住老太太！

小三儿 对不住老爷和太太。

倪立秋 俺们走了！

麻翠姑 你们又没偷东西，我没赶你们走。

小三儿 我偷了，我偷了你们家的银勺子。

［小三儿拿出两把勺子。

喜　鹊 （接过勺子）就是这两把。

倪立秋 （对二胖子和小三儿）走吧！

伍知县 站住！谁爱走谁走！你们不能走！

倪立秋 老爷，柳叶儿走了，俺们得去找她，她要是让于黑子抓住可就完了。

伍知县 不行！孩子们！现在老爷正在破案，坏人还没抓住，你们出了这院就有可能被于黑子他们抓住，不死也把你们打残废了！你们不能走啊！

麻翠姑 你说的是什么意思？谁要抓他们、害他们？

伍知县 有一个团伙控制他们，专门教孩子学坏，柳叶儿说不定就被他们抓去了。

麻翠姑 你怎么不早说？

伍知县 你叫我说了吗？

麻翠姑 （将包裹扔给杜鹃）姑奶奶不走了！

伍知县 （问麻翠姑）你怎么不走了？

麻翠姑 我走了怕你受伤！

伍知县 没事，我很坚强。

麻翠姑 那我也不走了，你们几个臭小子也不要走。

三个孩子 （磕头）谢谢老爷、太太！

伍知县 快起来吧！老爷给你们做饭去。

麻翠姑 用你做什么饭呀！快去破案吧！

伍知县 对！我破案去。

［伍知县离去。

麻翠姑 （欣赏地）真爷们儿！

58. 县衙大堂。日。内。

［伍知县和刘义守以及衙役们都坐在地上，研究案情。

伍知县 现在情况紧急，咱们在明处，坏人在暗处，那个姓郭的所谓师傅到底是谁？于黑子在哪儿？咱们都不清楚，柳叶儿有可能已经落到他们手里，估计是凶多吉少，你们说说咱们该怎么办？

刘义守 老爷你钓过鱼吗？

伍知县 老爷吃过鱼。

刘义守 钓鱼要先打窝子把鱼引来，然后再下饵等着鱼来咬钩。

伍知县 你的意思是用那几个孩子当诱饵？

南北头 我看行！俗话说，舍不得孩子套不住狼。

伍知县 你们家拿孩子去套狼啊？那是句南方话，南方把鞋子叫孩子，是舍不得鞋子套不住狼。

刘义守 不管怎么说，如果咱们把那几个孩子放出去，将坏人引出来，也是一种没有办法的办法。

伍知县 不行！这么干太危险。你们几个先下去走访，找那些丢了孩子的百姓，搜集线索，先把目标锁定，然后再想办法。

59. 城外山洞里。日。内。

［野外一处山洞里，柳叶儿被反绑着，嘴里塞着黑布，蜷缩在山洞一脚。

［于黑子正在和两个腰中插着刀的大汉交涉。

络腮胡子 （揪起柳叶儿的领子往里边看了看）靠！就这么个丫头片子，瘦的跟白条鸡似地，还值得俺们哥俩下山一趟？

矮粗胖子 就这货色卖给谁去呀？

于黑子 二位师傅，这个丫头十二了，眼看就能开苞了，你们先把她带回去，给点好吃喝，几个月就能溜光水滑的，不愁卖不上好价钱。

络腮胡子 就这么一个孩子不值得带走。

于黑子 还有三个秃小子，一块儿给你们。

络腮胡子 什么时候交货？

于黑子 三天。

矮粗胖子 两天。

于黑子 两天就两天。

络腮胡子 老规矩，你把他们送过鹰愁涧，咱们一手钱一手货。

于黑子 一言为定！

60. 伍知县家西厢房。日。内。

［麻翠姑和喜鹊、杜鹃拿着新剪裁的衣服给倪立秋等三个孩子。

麻翠姑 来，你们把新衣服换上，让我看看合不合身儿。

倪立秋 太太，俺们不穿新衣服。

麻翠姑 我说换上就换上。

喜　鹊 听话！这是太太特意为你们缝的。

二胖子 （拿着新衣服问倪立秋）穿吗？

［倪立秋看见麻翠姑手里还拿着一件花衣服。

麻翠姑 这件是给柳叶儿丫头的，等老爷把她找回来让她也换上，不知道她喜不喜欢花衣服？

小三儿 她呀！肯定又掉眼泪儿，（学哭）哇——

二胖子 我都想哭了，从小到大俺就没穿过新衣裳。

倪立秋 那就穿吧！

小三儿 （对麻翠姑等）那你们女的把脸转过去，不准看。

［麻翠姑等人笑着背过身去。

［倪立秋等孩子脱了破衣服，换上新衣服。

小三儿　好了，转过来吧！

杜　鹃　都挺合体的。

麻翠姑　看哪！人在衣服马在鞍，这么一换都变成帅小伙了！

喜　鹊　等老爷回来看了肯定会高兴的。

麻翠姑　你们几个在屋里玩，我去给你们做好吃的去。

倪立秋　谢谢太太！

二胖子和小三儿　（同时）谢谢太太！

61. 刘家店村外。日。外。

［一片庄稼地，伍知县的毛驴拴在地头。

［伍知县一边给小苗培土一边和村民刘继业唠嗑。

伍知县　老哥，你再跟我说说，你的孩子是怎么丢的？

刘继业　（叹气）唉！都怨我，我那天进城去卖皮货，孩子非要跟我去，进了城，我忙着卖皮子，孩子到一个吹糖人的老头那看热闹，等我卖完了皮货再找孩子就不见了！

［伍知县脑海中再次出现糖人郭跟前围着一群孩子的场景。

刘继业　（哭）也不知道我那刘家根还在不在人世了？他爷爷快不行了，奶奶眼睛都哭瞎了！

伍知县　老哥，你放心，孩子的下落一定要查清，本县肯定要给你们家一个交待。

刘继业　拜托大老爷了！

［刘继业要下跪，却被伍知县扶起。

62. 伍知县家西厢房。日。内。

［倪立秋、二胖子、小三儿和一根筋玩摔跤。

一根筋　别闹！别闹！当心我伤着你们。

［小三儿咯吱一根筋的胳肢窝。

[一根筋笑倒。

[倪立秋和二胖子迅速解下了一根筋的腰带将他绑上，嘴里还堵上了毛巾。

倪立秋 （下令）换衣服！

[三个孩子迅速地脱了新衣服换上破衣服。

[一根筋挣扎。

倪立秋 对不住了大叔！俺们得救柳叶儿去。（对二胖子和小三儿）哥几个，走了！

63. 县城街头。日。外。

[倪立秋等三个孩子从伍知县府中逃跑出来。

[墙角处两个蒙面人盯上了倪立秋等孩子。

64. 城外乡路上。日。外。

[伍知县骑驴前行，追风腿随后。

65. 城外乡路上。日。外。

[倪立秋带着二胖子和小三儿沿着乡路奔走。

[两个蒙面人随后追赶。

小三儿 泥鳅鱼，咱们好像被咬上了。

倪立秋 分开跑，到城隍庙集合。

[二胖子、小三儿分别钻进了小树林，倪立秋拐上了一个岔道。

[伍知县骑驴过来，追风腿随后。

[两个蒙面人发现了伍知县，立刻隐蔽在路边。

[伍知县来到三岔路口，稍微犹豫，拐上了另一条小路。

66. 尚阳湖畔。日。外。

[尚阳湖边一个渔翁在垂钓。

［画外传来伍知县的吟诵。

伍知县　啊——湖水清清湖水混，独钓春秋潇洒人。湖水清时洗我头，湖水混时洗脚跟。

郝先生　（钓鱼人）谁呀！鬼哭狼嚎的，把鱼都吓跑了！

伍知县　（走近前）清河知县伍十成拜见复阳先生。

郝先生　伍十成是谁呀？卖什么的？

伍知县　郝先生你装什么糊涂啊！去年重阳晚生曾登门拜望，还给先生带了四条干肉、两坛烧酒，你可曾记得？

郝先生　记得干肉、烧酒，可那位知县叫伍四六，不叫伍十成。

伍知县　伍四六是晚生，伍十成是鄙人，一人二名有何不可？

郝先生　当然可以，但不规范。比如，老夫姓郝名雷字雪海，号复阳，却没有别名。

伍知县　郝先生有所不知，晚生姓伍，四月初六生人，家母为我取名为伍四六，当年进京科考，皇上嫌我名字土气，便恩赐官名伍十成。因此，晚生既称十成，又叫四六，忠孝双全，乐此不疲。

郝先生　好！你去尽忠尽孝，别耽误我挥杆垂钓。

伍知县　本县叨扰先生，有一事相求，请先生切莫推脱。

郝先生　老夫已是个老废物了，伍知县求我何来？

伍知县　本县欲请先生出山，办一个书院，不知先生意下如何？

郝先生　你有病没有啊？老夫乃戴罪之人，流放至此，你敢用我办什么书院？难道不怕给你带来麻烦？

伍知县　不怕！咱清河县有许多儿童流浪街头，无人看管，更有些坏人要把他们引上邪道，本县有意筹措善款，兴办学堂，也好让那些无家可归的孩子们有个归属，希望先生能助我一臂之力。

郝先生　伍知县，你有此善心，令老夫敬佩，可是你要起用罪臣怕是会引火烧身的！

伍知县 无妨！无妨！本县知道先生乃前朝重臣，胸怀大略，满腹经纶，不过是开罪了小人，才沦落自此。本县与当今圣上还有点缘分，待我上奏朝廷，赦先生无罪，然后咱们再共商大计。

郝先生 （生气）你走吧！别耽搁我钓鱼。

伍知县 先生为何不悦？

郝先生 你既然与皇上有干系，那就趁早攀高枝儿往上爬去，别拿老夫寻开心！

伍知县 先生——

郝先生 住口！别再来烦我。

伍知县 你的鱼竿让鱼拽跑了！

郝先生 哎呀！全怪你这个捣蛋鬼！

67. 伍知县家西厢房。日。内。

[一根筋被捆绑在地上不断挣扎。

喜　鹊 （画外音）孩子们！开饭了！

喜　鹊 （推门进屋见状大惊）啊！这是怎么搞的？太太快来呀！

68. 伍知县家院子里。日。内。

[麻翠姑系着围裙拿着锅铲跑出来，伍知县从外面回来。他们一同奔向西厢房。

69. 伍知县家西厢房。日。内。

[伍知县和麻翠姑进屋，见喜鹊将一根筋解开。

伍知县 这是怎么回事？

一根筋 老爷！我没用，我真是一根筋！

麻翠姑 快说，你是怎么被绑上了？

一根筋 泥鳅鱼他们跟我闹着玩，我没小心就让他们绑上了。

伍知县　孩子呢？

一根筋　跑了！他们说要去救柳叶儿。

伍知县　一根筋那一根筋，你真是个废物点心，连几个孩子都看不住。

一根筋　小的愿受老爷责罚。

伍知县　我哪有空责罚你，快跟我去找孩子。

麻翠姑　喜鹊，带上家伙跟我走！

伍知县　你干啥去？

麻翠姑　保护老爷呀！

70. 城北荒郊。日。外。

[县城北，荒郊野外，一片柳林，飞起一只山鸡。

[于黑子带着两个打手各持短刀追赶过来。

于黑子　就在前面，快追！

71. 县衙院里。日。外。

[伍知县、刘义守、衙役、捕快都集中在县衙院里，大家向伍知县汇报案情。

伍知县　你们到民间查访找到什么线索没有？

南北头　老爷，据丢失孩子的百姓反映，他们的孩子大部分都是在热闹道路附近丢的。

伍知县　在看吹糖人的时候不见了。

南北头　对呀！老爷你怎么知道？

刘义守　按老爷吩咐，小的查阅了办案文书，发现咱们在破获白师爷“黑白道”的时候，有一条漏网之鱼。

伍知县　什么人？为什么当时没抓？

刘义守　白师爷的一个家丁交待，有一个姓郭的人专门训练“童子帮”，当时证据不足，就没有追查。

伍知县 明白了，还有什么？

傻大胆 老爷，据一个放羊的孩子报告，这两天在城隍庙一带总有土匪出没。

伍知县 好！刘主簿！

刘义守 下官在。

伍知县 你带人到热闹道路抓捕糖人郭。

刘义守 还没拿到证据就抓人吗？

伍知县 先抓起来，爱咋咋的！

刘义守 明白！

伍知县 其他人跟老爷去救孩子。你们记住，无论发生什么情况都要保护好孩子！明白吗？

众　人 明白了！

南北头 老爷，咱们上哪儿去找孩子？

伍知县 跟驴走！

72. 城北野外。黄昏。外。

［在通往城隍庙的小道上，小三儿将道路两旁的柳树毛子系成了绊索，又用木板夹来一滩牛粪。

［二胖子将一棵树压弯，用路边的马莲草系好。

［倪立秋将一个水塘上的独木桥拆掉，换上了一根朽木。

73. 小路上。黄昏。外。

［于黑子和两个打手在小路上奔跑。

于黑子 停下！

［前方传来孩子们的声音。

孩子们 山老鸹，白脖根儿，一天到晚想媳妇儿。山老鸹，尾巴长，娶了媳妇儿忘了娘——

于黑子 在那！快追！

74. 县城北门。黄昏。外。

[县城北门，毛驴在前面奔跑。

[伍知县和衙役们跟着毛驴奔跑。

75. 小路上。黄昏。外。

[跑在前面的打手绊倒在地，脸正好摔在牛粪上。

[另一个打手继续向前追，当他要跨过横在路上树干时被树弹飞，摔在草地上，爬起来时从嘴里吐出两只蚂蚱。

[于黑子嘴里骂着“混蛋!”挥舞着短刀向前追赶，他踏上独木桥时朽木断裂，于黑子掉进臭水坑，当他从水坑里爬上来，脸上、手上叮了许多蚂蝗。

76. 城隍庙内。黄昏。内。

[倪立秋、二胖子和小三儿跑进城隍庙。

二胖子和小三儿　（叫着）柳叶儿——柳叶儿！你在哪儿？

小三儿　没有！

倪立秋　关上庙门！

77. 城里糖人郭的窝点。傍晚。内。

[刘义守带领捕快踹开了糖人郭窝点的房门，只见窝点内一片狼藉，人去屋空。

刘义守　跑了！快追。

78. 县城大门。傍晚。外。

[两辆马车拉着几个大木箱，木箱上坐着几个唱戏的，糖人郭戴着礼帽、墨镜坐在马车上，驶出城门。

79. 城隍庙。傍晚。内。

［于黑子带领打手撞开庙门，门上一个香炉落下扣在于黑子头上。

于黑子 （满脸香灰爬起）给我搜！

［两个打手持刀搜索。

打手甲 老大！什么都没有。

于黑子 放火！烧！

［两个打手放火烧庙。

［于黑子和打手退出庙堂。

［站在佛台上扮成城隍和小鬼儿的倪立秋等人立刻被大火包围。

小三儿 泥鳅鱼，咋办？咱们会被烧死的！

倪立秋 冲出去和他们拼了！

80. 城隍庙外。傍晚。外。

［倪立秋等三个孩子冲出庙门，立刻被一张大网罩住。

于黑子 （狂笑）小兔崽子！看你们还往哪儿跑！

81. 小路上。傍晚。外。

［毛驴、伍知县、衙役们向城隍庙奔跑。

82. 山路上。傍晚。外。

［于黑子和打手押着倪立秋等孩子向后山转移。

83. 城隍庙前。傍晚。外。

［伍知县带人来到燃起大火的城隍庙。

伍知县 （命令）快进去救孩子！

［傻大胆和一根筋跳进水坑把自己弄湿，然后冲进城隍庙中。

［伍知县也要冲进庙里被追风腿拉住。

［傻大胆和一根筋连滚带爬的从庙里出来。

傻大胆　老爷！里边没有孩子！

［毛驴大叫。

伍知县　（拍打驴头）别叫！俺们跟你走！

［毛驴带路向后山追赶。

84. 山洞里。傍晚。内。

［倪立秋等三个孩子被反绑着推进山洞内。

［洞口被巨石堵住只露出一个口子。

［倪立秋用牙咬开了二胖子的绑绳，他们互相解开了绳索。

倪立秋　（叫）柳叶儿！柳叶儿！你在吗？

二胖子　（发现了奄奄一息的柳叶儿）她在这儿。

倪立秋　（抱起柳叶儿）柳叶儿，你没事吧？

小三儿　她死了吗？

倪立秋　没有，八成是饿昏了。

小三儿　我这有个烧饼。

倪立秋　哪儿来的？

小三儿　从大老爷家顺的。

二胖子　（找到一个瓦罐）这里有水。

［倪立秋等人给柳叶儿喂水和烧饼。

柳叶儿　（苏醒）是你们！（哭）哇——

倪立秋　别哭！你还活着就好。

柳叶儿　于黑子和土匪讲好了，等抓到你们，就把咱们一块儿送到鹰愁涧。

二胖子　没事！大老爷一定会来救咱们的。

倪立秋　嘘！

85. 山洞外。傍晚。外。

打手丙　（跑来向于黑子报告）老大，师傅已经带着货出城了，他让我来告诉你，让你把这四个小兔崽子带上，到鹰愁涧与他会合。

于黑子　知道了！

86. 山洞内。傍晚。内。

［倪立秋用木炭在洞壁上快速画了一幅画。

［洞外传来于黑子的声音。

于黑子　把洞口打开。

倪立秋　（吩咐）快把绳子绑上，系活扣。

87. 山路上。傍晚。外。

［麻翠姑和喜鹊各骑一匹快马在山路上飞奔。

88. 山洞里。傍晚。内。

［伍知县带着衙役们赶到山洞。

南北头　（打着火把）老爷，这里没有孩子，俺捡了半块儿烧饼。

伍知县　让我看看。

伍知县　（闻了闻烧饼）这是俺家的饼。孩子们肯定没走太远，赶紧去找。

追风腿　老爷快看，墙上有画。

伍知县　我来看看。这画的是什么？

南北头　这好像是只鹰。

伍知县　下面好像是河。

南北头　对岸是小孩，有人拿刀要伤他们。

伍知县　这是孩子们留下的记号。

南北头　他们被带到鹰愁涧去了。

追风腿　老爷，过了鹰愁涧就出了清河县界了。

伍知县　决不能让他们把孩子带走。追风腿——

追风腿　小的在！

伍知县　你去找些山民帮咱们解救孩子，其他人跟我来！

89. 鹰愁涧南岸。夜。外。

［鹰愁涧悬崖峭壁之间搭着索桥，桥下是万丈深渊。

［众歹徒打着火把来到桥头。

［糖人郭指挥手下从车上抬下箱子，里面装着六个孩子。

［于黑子和三个打手押着柳叶儿和倪立秋等来到桥头。

糖人郭　（发令）带他们过桥！

［打手们挥舞棍棒将孩子们赶上索桥。

刘义守　（带捕快赶到）歹徒休走！

糖人郭　给我上！

［打手们拦住捕快厮杀。

［刘义守和众捕快渐渐不敌对手。

［伍知县催驴赶到。

伍知县　（大叫）姓郭的，你教唆犯罪，拐卖儿童，罪大恶极！快快束手就擒！

糖人郭　哈哈！毛驴县令！你来了！大爷倒要看看你有什么本事！

［于黑子一伙挥刀扑向伍知县。

刘义守　老爷当心！

伍知县　没事！看老爷的绝招！

［伍知县从怀里掏出一个口袋抓出一把辣椒面。

伍知县 （喊到）雾里看花！

［伍知县没注意风向，顶风撒出的辣椒面子都被风吹回来。

［跟在伍知县身后的衙役们顿时惨叫。

刘义守 老爷！你顶风撒辣椒面儿，叫啥绝招啊！

伍知县 是顶风吗？

糖人郭 （大笑）哈哈哈！毛驴县令，你上这儿做川菜来了？

伍知县 没关系，老爷还有绝招。（一拍毛驴屁股）伙计！亮你的金刚腿！

［毛驴大叫一声冲向歹徒，横踢乱踹，歹徒倒下一片。

［糖人郭腾空跃起，落在毛驴跟前，一抖虎皮大衣，毛驴立刻四蹄发颤，连连后退。

伍知县 姓郭的，你抖搂虎皮吓唬驴算什么本事？

糖人郭 有本事你过来！

伍知县 （挥起打驴鞭子）看老爷神鞭！

［糖人郭闪身躲过鞭子，伸手抓住鞭子条，顺势一带将伍知县抓住。

［众衙役要上前救伍知县。

糖人郭 （用短刀横在伍知县脖子上）退后！退！不然我就杀了他。

90. 山路上。夜。外。

［麻翠姑和喜鹊飞马狂奔。

91. 鹰愁涧索桥上。夜。外。

［于黑子等歹徒将孩子们驱赶到索桥北岸。

［糖人郭用刀逼着伍知县断后。

麻翠姑 （赶到）大胆歹徒！快放了我家老爷！

伍知县 麻翠姑，快来救我！

麻翠姑 平常教你练功你偷懒，关键时刻你熊蛋！我来也！

[麻翠姑挥舞铁棒槌冲上索桥。

[糖人郭猛一跺脚索桥断落，他夹着身小力薄的伍知县飞身跳上北岸。

倪立秋 （在对岸大喊）太太当心！

[麻翠姑飞身跳起来，站到链接索桥的一根绳索上，像踩钢丝一样向对岸冲去。

92. 鹰愁涧北岸。夜。外。

[糖人郭放开伍知县，挥刀去砍绳索。

[柳叶儿冲上前狠咬糖人郭手臂。

[糖人郭大刀脱手，大叫一声将柳叶儿推倒在岩石上。

[倪立秋、二胖子、小三儿同时挣脱绑绳，一齐扑向糖人郭。

[糖人郭没有防备，被倪立秋等三个孩子打个措手不及。

[于黑子上前用板斧砍断绳索。

倪立秋等孩子 （大叫）太太——

伍知县 （被歹徒反剪双臂大叫）老婆——抓绳子！

93. 鹰愁涧。夜。外。

[麻翠姑抓住了绳子一端，在山涧中悠荡。

[麻翠姑奋力荡起，落在了对岸。

94. 鹰愁涧北岸。夜。外。

[糖人郭三拳两脚将倪立秋、二胖子、小三儿打倒在地。

[伍知县挣脱歹徒奋不顾身，上前解救孩子。

[糖人郭挥起铁棒打向伍知县。

［麻翠姑用铁棒槌架住糖人郭的棒子，于黑子和众歹徒各使兵刃围住麻翠姑。

［麻翠姑大战众歹徒。

［伍知县跟在麻翠姑身后，不时喊着“雾里看花”撒出一把辣椒面。

［于黑子进攻伍知县，麻翠姑挡住于黑子，保护伍知县。

伍知县 不要管我！保护孩子！

麻翠姑 老爷当心！

伍知县 没关系！我会“躲功”。

［麻翠姑越战越勇，一连打倒十几个歹徒。

［糖人郭掏出锡锣猛敲。

［不远处的山寨里冲出几十名明火执仗的土匪前来增援。

麻翠姑 （一边保护伍知县一边吩咐倪立秋等孩子）快上山！快！

95. 鹰愁涧南岸。夜。外。

［追风腿带着众山民奔来。

［无数火把照亮了山野。

刘继业 （手举钢叉大喊）各位猎户、药农，父老乡亲，伍知县救咱们的孩子来了，咱们不能隔岸观火啊！

众　人 （高喊）咱们上！

［几十把飞钩抛向对岸。

［猎户、药农、衙役们或荡绳索或攀爬，冲向对岸。

96. 鹰愁涧北岸。夜。外。

［众山民和土匪展开激战。

97. 土匪窝点。夜。外。

［头上流血的倪立秋带着受伤的柳叶儿、二胖子和小三

儿来到土匪窝点。

小三儿　泥鳅鱼快看！这是什么地方？

倪立秋　土匪窝子。

二胖子　咱们咋办？

倪立秋　冲进去！

98. 土匪窝牢房。夜。外。

［土匪关押孩子的牢房里关着二十多个孩子。

［倪立秋等人冲进来。

倪立秋　（喊）大家听着！清河县的大老爷救你们来了！赶快冲出去！

［众孩子一声呐喊推倒了栅栏，冲出匪巢。

倪立秋　（拿起火把）点了他们的老窝！

［二胖子、柳叶儿和小三儿同时放火。

99. 鹰愁涧北岸。夜。外。

［麻翠姑、伍知县、衙役们与糖人郭、于黑子和打手们过招。

［众山民与土匪交战。

络腮胡子　（突然大叫）不好！有人烧窑了！

矮粗胖子　快回去救火呀！

［众土匪扭头往回跑。

于黑子　（拉住络腮胡大叫）大哥别跑！你们不能见死不救啊！

络腮胡子　（飞起一脚）去你妈的！

［于黑子躲闪不及摔倒在地滚下悬崖。

［络腮胡子带土匪跑向匪巢。

［傻大胆等人冲过来包围了歹徒。

南北头　放下凶器！饶尔等不死！

［几名歹徒跪地求饶。

［糖人郭见势不妙飞身上树要跑。

麻翠姑 （大叫）老贼！休走！（飞身上树追打糖人郭）

100. 通向匪窝的狭路山崖。夜。外。

［山上的匪巢大火熊熊，众土匪叫喊着奔跑去救火。

［山崖上饱受蹂躏的孩子们将充满仇恨的石头和树干同时推下山崖。

［山崖下传来土匪们的惨叫声。

101. 鹰愁涧旁。清晨。外。

［麻翠姑在树上飞身跳跃追赶糖人郭。

［糖人郭使出撒手锏——打出无数火球。

［麻翠姑在树干上快速闪转腾挪，几根树枝被击落。

［麻翠姑打出几支飞镖，被糖人郭用他的锡锣挡住。

［糖人郭跳下树干，站在悬崖上运气发功，一时间地动山摇，飞沙走石攻向麻翠姑。

［倪立秋和众少年出现在岩石上。

倪立秋 （喊）打！

［众少年抛出手中的木棒、石块如飞蝗一般打向了糖人郭。

［罪大恶极的糖人郭一声惨叫跌入了万丈深渊。

［山野一片安静。

刘继业 （喊道）刘家根，我的孩子！你在吗？

刘家根 爸爸——

［顿时，山民喊着“孩子”，孩子喊着“爸爸”，一时间哭喊声震动峡谷。

［朝霞染红了天际，山雀在林间群飞。

［大人、孩子紧紧拥抱，山野中哭声一片。

［伍知县流下了激动的泪水，麻翠姑也流了泪。

［麻翠姑塞给伍知县一块手帕示意他擦眼泪。

［伍知县不领情，把手帕还给了麻翠姑，自己用袖头子擦鼻涕。

102. 清河岸边。日。外。

［欢庆的锣鼓响彻云霄，人们载歌载舞，舞狮耍龙祝贺“清河书院”落成。

［伍知县和郝先生将“清河书院”的牌匾挂在墙上。

［人们纷纷解囊捐银支持书院开学。

［刘义守忙着记账，南北头等衙役帮忙，但捐款的人太多，实在来不及记账，银子、铜板越堆越高。

103. 伍知县家院子里。日。外。

［伍知县家院子里，倪立秋、柳叶儿、二胖子和小三儿都换上了新衣服，他们每个人都拿着一个进学堂念书的布包。

［麻翠姑、喜鹊、杜鹃要送他们去上学堂。

麻翠姑　（给小三儿整理了一下衣领）走吧！进学堂念书去！

［孩子们不走。

柳叶儿　太太，我——

麻翠姑　还有什么事儿？说吧！

柳叶儿　我——我——

喜　鹊　有什么话就和太太说，吞吞吐吐地干啥？

柳叶儿　（羞怯地）我想叫您一声“妈”！

倪立秋　俺们都想叫您一声“妈”！

麻翠姑　这——我也没什么准备呀！

柳叶儿 （轻轻地叫）妈——

倪立秋 妈！

二胖子 妈！

小三儿 妈！

[四个孩子一齐跪下。

[麻翠姑手足无措。

[音乐起。

柳叶儿 （唱）妈妈——

（以下三个男孩和）

倪立秋 妈妈——

二胖子 妈妈——

小三儿 妈妈——

柳叶儿 多么平常的话呀，
却埋在心里不发芽。

三男孩 （齐）长在悬崖上的小草，
埋在荒沙中的野花。
经多少风吹雨打，
受不完马踩车压。

柳叶儿 （独唱）哪里有我的家，
哪里去找妈妈。

三男孩 （轮唱）
啊！没家——
没妈——
流泪——
流血——
流浪天涯。
（领唱合唱）
啊！

叫一声妈妈，
泪如雨下。
叫一声妈妈，
满面朝霞！
妈妈！妈妈！妈妈！
你就是爱，
你就是家，
你是日月星辰，
你是春秋冬夏。
妈妈呀！妈妈！
你是世间最美的神话，
你是天下儿女永远的牵挂！

[麻翠姑泪流满面把孩子们搂在怀里。

[孩子们脸上露出了无比幸福的笑容。

104. 尾声：清河书院内，日。内。

[伍知县、麻翠姑、众县民围在清河书院观看郝先生给孩子们上第一堂课。

[几十名孩子坐在书院里听课，倪立秋、柳叶儿、二胖子、小三儿和刘家根坐在孩子们中间。

[郝先生遒劲的毛笔字“人之初，性本善”挂在墙上。

（剧终）

附件Ⅲ　京剧艺术的跨界尝试
——戏曲儿童剧《参花正红》创作浅谈

近几年来，“混搭”好像成为了艺术表现的一种时尚。笔者为参加世界儿童舞台艺术节创作的中国儿童剧《参花正红》就尝试了“混搭”创作方法，收到了意想不到的演出效果。

儿童剧《参花正红》以京剧形式为根基，吸收了舞蹈、杂技和民间说唱的表现方式。其艺术目的并不是为了猎奇而“混搭”，而是主要考虑到京剧艺术的虚拟、写意、象征等表现形式对于外国青少年来说接受比较困难，不容易理解剧情。笔者和该剧导演共同商量，决定吸收歌舞、杂技、民间说唱等手段，丰富表现形式。当然，这次的“混搭”尝试不是生硬嫁接，而是根据剧情有机植入，以京剧唱腔和音乐贯穿全剧，把民间说唱通俗、幽默、喜兴的特色融入歌舞之中，在着力刻画主要人物形象的同时，加强陪衬性人物（龙套）的参与感，在“开打”桥段加入杂技的“绸吊”表演，极大地吸引了世界各国青少年观众的欣赏兴趣。

儿童剧《参花正红》在日本富山世界儿童舞台艺术节中获得了演出集体金奖和编剧、导演、表演等八项单项奖，爆了一个大冷门。

“混搭”的艺术表现手法其实不是当代才出现的艺术产物。早在我国汉代，就出现了混搭的艺术形式——“百戏”。虽然“百戏”还没有形成完整的戏剧形态，但是当时的艺术先辈们已经能够把十样杂耍熔于一炉，也算是一种创举。两千年前就已出现的艺术“混搭”为后来产生的中国戏曲综合性舞台艺术提供了有益的实践经验。儿童剧《参花正红》运用“混搭”艺术手法增强舞台艺术的观赏性，得到了认可，关键在于“混搭”不能“强搭”，要在相关或者临界姊妹艺术中寻找契合点，“混”得合理，“搭”得自然，这样才能达到不离根基、继承创新的目的。

附件Ⅳ　戏曲儿童剧《参花正红》故事大纲

生活在深山密林里的一群活泼的人参娃娃正在与守林老人的孙子福娃嬉戏，藏身在山石后面的野猪王对守林老人怀恨在心，蛇精挑拨野猪王："只有除掉那个老头子，才能品尝到人参的美味。"蛇精和野猪王商定要除掉守林老人，袭击人参娃娃。

棒槌鸟给人参娃娃报信，让他们提高警惕。当野猪王来偷袭人参娃娃的时候，守林老人祖孙俩挺身而出，与野猪王展开搏斗，蛇精暗中配合野猪王，缠住了福娃的脚，守林老人为救孙子身负重伤。在守林老人生命垂危之际，人参娃娃们咬破了自己的手指，把珍贵的汁液滴在守林老人的酒葫芦里，给守林老人服下去，救了守林老人的性命。

守林老人吩咐人参娃娃做好防范，自己装作奄奄一息，福娃假作负伤，吸引野猪王和蛇精。人参娃娃众志成城，与野猪王战斗，守林老人突然起身，挥舞"拨拉棍"（采参人防身用具）大战野猪王，野猪王慌忙逃窜，被人参娃娃们事先布置的套子牢牢套住，蛇精也被守林老人制服。山神娘娘将野猪王圈禁山下；罚蛇精日夜为山林众生站岗放哨，严防野猪、老鼠、刺猬等兽类进入人参园，如果玩忽职守，便将其打入地洞，永世不见天日。

人参娃娃和守林老人祖孙载歌载舞庆祝胜利。

附件Ⅴ 戏曲儿童剧《参花正红》剧本

编剧：崔晓

时间：夏季

地点：山里

人物：

爷爷——守林老人。

参花——人参娃娃。

福娃——守林老人的孙子，人参娃娃的朋友。

野猪王——自封为山大王的野猪。

蛇精——野猪王的帮凶。

刺猬——野猪王的跟班。

人参娃娃：甲、乙。

棒槌鸟——会飞、会唱歌的“绒毛偶”。

山神娘娘——幻形（在大屏幕中出现）。

人参娃娃若干（大屏幕中出现）。

［幕启：青山苍翠，泉水奔流，鲜花盛开。

［舞台一侧是峭壁、藤条，台中一块石头，石头旁有山花。

［曲一］歌舞《美丽家园》。

［欢快的歌声中，参花领舞、人参娃娃伴舞，福娃悠着藤条来到伙伴们身旁参加游戏。

（领唱、伴唱）

青山坡，泉水旁，
百草葱翠参花儿香。
来吧，朋友，
让我们一起玩耍，
让我们放声歌唱，
让这春风和阳光，
把我们的欢乐传遍四方，传遍四方。

［歌声中守林老人采药上，他手持“拨拉棍”、身背酒葫芦，还握着一把草药，高高兴兴地坐在石头上喝酒，看着孙子和人参娃娃们玩耍。

［参花和伙伴们拉着守林老人一块跳舞。

爷　爷　孩子们——

（唱）山泉叮咚伴你们歌唱，
鲜花怒放映衬你们的新装。
万物有灵共生共长，
盼你们团结友爱享受这美好时光。

［守林老人演唱时，刺猬、蛇精、野猪王不断从石崖后面探头探脑，偷窥人参娃娃。

［棒槌鸟从观众席飞来。

棒槌鸟　（唱）小心、小心，一定要小心，
提防、提防，千万要提防。
小心风雨从天降，
提防蛇蝎暗中藏，伺机把人伤。

［风声起。

爷　爷　啊！起风了，孩子们快回家吧！

［福娃、人参娃娃随守林老人下。

［刺猬摇着铃铛上。

［刺猬唱《大王让我来巡山》。

［蛇精戴眼镜框、披着蛇皮带陪着野猪王舞蹈上。

［曲二］

野猪王　（唱）呼啸山林我为王，
嘴大牙长吃八方。
谁敢惹我不高兴，
我让这深山野岭倒海翻江。

［野猪王撒野，拱翻巨石，塌坏山花。

蛇　精　大王啊！

野猪王　咋地？

蛇　精　你腰粗气壮，称霸一方。

野猪王　是不是？

蛇　精　你武艺高强，威名远扬。

野猪王　是不是？

蛇　精　你战无不胜，山林之王。

野猪王　是不是？

刺　猬　是！绝对是！

野猪王　（狂笑）哈哈哈！

蛇　精　可也有人背后说你的坏话。

野猪王　啊！什么人胆敢说我的坏话？

蛇　精　就是那些人参娃娃。

野猪王　他们说我什么？

蛇　精　他们说你，猪嘴獠牙，愚蠢莽撞。

刺　猬　对，他们总说“蠢猪、蠢猪。”

野猪王　（暴怒）混账！（打翻刺猬）

蛇　精　还说你蛮横无理，粗俗嚣张。

野猪王　啊！我要吃掉它们！

刺　猬　对，吃了人参娃娃可以延年益寿、长生不老。

蛇　精　且慢！它们有白胡子老头撑腰，怕你不是他的对手。

野猪王　什么白胡子老头？

刺　猬　就是守林那老头儿，不好对付。

蛇　精　那个老头儿有个孙子，总和人参娃娃一起玩耍。

野猪王　（对刺猬）你去把它们引出来，我要教训他们！

刺　猬　得令！

［蛇精和野猪王隐蔽。

刺　猬　（摇铃铛数唱）人参娃娃真漂亮，

红红的花冠戴头上，

聪明伶俐人人爱，

百草之王美名扬。

你们快来瞧一瞧，

有个傻子摇铃铛，

叮叮铛、叮叮铛，

有个傻子摇铃铛——

福　娃　（跑上）小刺猬，快来看呀！小刺猬来了。

［人参娃娃上。

参　花　小刺猬你别跑，咱们一起玩儿吧！

［突然传来野猪王一声咆哮，山摇地动。

福　娃　不好！野猪来了，快跑！

［野猪王跳出来挡住去路。

野猪王　你们跑不了啦！

蛇　精　小屁孩儿，快给山大王赔礼道歉！

福　娃　（手拿藤条）让开！坏野猪，你要欺负它们，我就对你不客气！

野猪王　（狂笑）哈哈哈！小娃娃，你让开了！

福　娃　坏猪，看打！

［福娃挥舞藤条大战野猪王。

［人参娃娃为福娃加油。

［野猪王大怒，将福娃抓住举起来，摔在地上。

［福娃坚强地爬起来，继续与野猪王战斗。

［蛇精施展妖术，将福娃缠住。

［野猪王趁机抓住参花。

爷　爷　（手持拨拉棍上）住手！你们这些坏蛋，看我教训你们！

刺　猬　不好了！白胡子老头来了！（抱头鼠窜）

［守林老人大战野猪王。

［人参娃娃救出福娃。

［福娃与蛇精开打。

［守林老人将野猪王打翻在地。

［蛇精摆脱了福娃，再施妖术，缠住守林老人的双脚。

［野猪王一跃而起，将守林老人撞下山崖。

福　娃　（大喊）爷爷！爷爷！

［舞台暗转。

［人参娃娃们帮助福娃将奄奄一息的守林老人放到石头台上。

参　花　老爷爷！你醒醒啊！

福　娃　（哭叫）爷爷！爷爷！你不能死啊！

［曲三］

参　花　（唱）见爷爷双眼紧闭气息奄奄，

不由得让参花心似刀剜。

人参娃娃甲、乙　（唱）老爷爷为救咱惨遭暗算，

怎忍心看他这样撒手人寰。

福　娃　（跪在爷爷身旁）爷爷，你不管我了吗？爷爷——

人参娃娃甲、乙　（唱）怎么办？怎么办？

参　花　（接唱）怎么办？

紧急中由不得时间拖延，

想办法救老人转危为安。

［参花拿起守林老人的酒葫芦，毅然咬破手指，将汁液滴进葫芦内。

福　娃　参花姐姐，你这是——

人参娃娃甲　参花姐姐要用我们的汁液救活老爷爷。

［人参娃娃甲、乙也咬破自己的手指让汁液流进葫芦里。

［音乐中，参花和福娃将葫芦里的汁液缓缓倒进守林老人的口中。

福　娃　爷爷！爷爷！你醒醒啊！

爷　爷　（唱）昏迷中似听得孙儿呼唤，

难道说我如今还活在人间？

参　花　快看哪！老爷爷醒过来了！

人参娃娃甲、乙　老爷爷醒了！

福　娃　爷爷！你吓死宝宝了！

爷　爷　我这是怎么了？

参　花　您被那野猪王撞下悬崖，摔得昏迷不醒、气息奄奄。

福　娃　（拉住参花的手）爷爷您看，是参花姐姐和人参娃娃用自己的汁液把您救活了！

爷　爷　谢谢你们救了我！

福　娃　爷爷，那野猪王被你打伤，它肯定会回来报复的。

人参娃娃甲　那可怎么办呀？

爷　爷　别怕！善有善报，恶有恶报。

参　花　不是不报，时候没到。

福　娃　时候一到，立刻就报！

爷　爷　孩子们！

［曲四］

（唱）青山绿水好家园，

岂容恶魔逞凶残。

林边布下困兽网，
树旁设下巧机关。
团结一心来迎战，
机智勇敢斗敌顽。

［野猪怒吼，山摇地动。

［大屏幕上一群野猪呼啸奔跑。

［福娃、参花和人参娃娃忙着布设捕兽网和绳套。

棒槌鸟 （再次飞来）

（唱）风云变、天地暗，
危险来到你们身边。
祈求山神显灵验，
逢凶化吉保平安。

［守林老人平躺在石头上，福娃和参花用白布蒙在守林老人身上。

［福娃披麻戴孝跪在守林老人身边装哭，参花和人参娃娃都戴上白花，肃立默哀。

［蛇精和刺猬上。

［曲五］

蛇　精 （虚假哭丧）喂呀——

（唱）白胡子老头死翘翘咧。

刺　猬 （摇铃铛帮腔）伊尔哟，伊尔哟，

蛇　精 （唱）孝子贤孙哭嚎啕哟，

刺　猬 （帮腔）伊尔哟啊呀尔哟。

蛇　精 （唱）黄泉路远你走好啊，

刺　猬 （帮腔）伊尔哟、伊尔哟，

蛇　精 （唱）儿孙坟前把纸烧啊，

刺　猬 （帮腔）伊尔哟啊呀尔哟。

［福娃气愤不过要打蛇精，参花拦住福娃。

野猪王　（上）哈哈哈！老不死的，这回真死了！

福　娃　（大怒）臭猪！我饶不了你！

野猪王　来呀！把他们这些娃娃都给我绑了，再把他们都放水塘里刷洗干净，我要慢慢地享用。

［蛇精抛出两条绳索挥舞，刺猬要帮蛇精捆绑人参娃娃。

［福娃、参花和人参娃娃拉开架势，沉着应战。

野猪王　（吼叫）给我打！狠狠地打！

［蛇精被福娃和参花夹击，渐渐不支，想要逃走。

福　娃　那里跑！（抛出绳索将蛇精牢牢捆住。）

［刺猬想逃跑，却被夹子夹住，疼得哇哇乱叫。

刺　猬　妈呀！疼死我了，大王救我！

野猪王　（大叫）哎呀，好恼！

［野猪王扑向福娃和参花。

爷　爷　（跳起来大叫）野猪王，休得逞狂！

野猪王　（大惊）啊！你没死啊？

［守林老人挥棍子打向野猪王。

［野猪王疯狂攻击守林老人。

［福娃和人参娃娃翻着跟头攻击野猪王。

［野猪王抵挡不住，想要逃跑，却被困兽网罩住，倒挂在树上。

爷　爷　你个孽畜，看我怎样教训你！（挥棍欲打）。

［音乐突变，佛光闪现，山神娘娘（大屏幕）现身。

山神娘娘　老人家，看在本宫面上，你且饶了这畜生的性命吧！

爷　爷　山神娘娘驾到，老朽拜见山神娘娘。

山神娘娘　免礼！（指野猪王）孽畜，你不修善果，横行山里，糟蹋生灵，你可知罪？

野猪王　（跪地磕头）老猪知罪。

山神娘娘　从今以后，罚你到山下拱地，不得进山为患。

野猪王　谢娘娘！

山神娘娘　蛇精听宣。你不守仙规、拨弄是非、助纣为虐，损了道行，现罚你看守参园，不得随便下山。

蛇　精　多谢娘娘！

刺　猬　山神娘娘，还有我呢！

山神娘娘　你回山洞修行去吧！

［山神娘娘摆动拂尘，乘祥云而去。

［守林老人、福娃、参花等跪拜。

爷　爷　恭送山神娘娘！

［棒槌鸟再次飞来。

［曲六］

棒槌鸟　（唱）啦啦啦！啦啦啦！

参　花　（领唱）霞光普照百里山林，

爷　爷　（唱）太平世界朗朗乾坤。

众　人　（唱）清风拂面雾霾散尽，

天地人和万象更新。

万象更新！

（剧终）

参考文献

[1] 习近平在文艺工作座谈会上的讲话 [M]. 北京：人民出版社，2015.

[2] 习近平在中国文联第十次代表大会、中国作家协会第九次代表大会开幕式上的讲话 [M]. 北京：人民出版社，2017.

[3] 习近平在哲学社会科学工作座谈会上的讲话 [M]. 北京：人民出版社，2016.

[4] 中共中央关于繁荣发展社会主义文艺的意见 [M]. 北京：人民出版社，2015.

[5] 2016 中国艺术发展报告 [M]. 北京：中国文联出版社，2017.

[6] 中国大百科全书·戏曲曲艺卷 [M]. 北京：中国大百科全书出版社，1983.

[7] 薛宝琨. 薛宝琨曲艺文选 [M]. 北京：中国文联出版社，2013.

[8] 侯宝林，汪景寿，薛宝琨. 曲艺概论 [M]. 北京：北京大学出版社，1980.

[9] 彭吉象. 艺术学概论 [M]. 北京：北京大学出版社，2016.

[10] 姜昆，戴宏森. 中国曲艺概论 [M]. 北京：人民文学出版社，2005.

[11] 吴文科. 中国曲艺通论 [M]. 太原：山西教育出版社，2002.

[12] 罗扬. 当代中国曲艺 [M]. 北京：中国当代出版社，1998.